徳 間 文 庫

劇場版シティーハンター
天使の涙（エンジェルダスト）

公式ノベライズ

原作　北 条　司
脚本　むとうやすゆき
著者　福 井 健 太

目次

プロローグ

三つの影が満月を切り裂いた。

木の実がはぜるようにパラシュートが開き、ビル屋上のヘリポートに舞い降りる。ヘルメットとウィングスーツを脱ぎ、妖艶《ようえん》なレオタード姿を見せたのは、来生《きすぎ》泪《るい》、瞳《ひとみ》、愛《あい》の三姉妹――怪盗キャッツアイだ。

左右からレオタード姿の大柄な男が駆け寄り、五人はそれぞれのポーズを決めて静止した。

「――怪盗戦隊、キャッツアイ!!」

三姉妹と声を揃《そろ》えて名乗りを上げたのは、冴羽獠《さえばりょう》と海坊主《うみぼうず》である。

背景にカラフルな煙が立つこともなく、ひどく微妙な間が訪れた。泪が我に返って顔を逸《そ》らし、愛がくすくすと笑い、瞳が腰に手を当ててツッコミを入れる。

「――って、なんて格好してんの！」

「お、俺は獠に付き合わされて……」

海坊主が額に汗を浮かべて弁明した。当人的には不本意だが、ノリの良さは周囲の知るところだった。楽しげにポーズを取っておきながら、己を棚に上げて文句を言う瞳もその点で大差はない。

「ボクちんもキャッツアイの一員になれると思ったのに～」

獠がしなを作って甘えた声を出した瞬間、キャッツカードが目の前を掠《かす》め、前髪がはらりと落ちた。獠は冷ややかに自分を睨《にら》む愛に気づき、首を縮めて身を震わせた。

「――こ、怖えッ!!」

外資系の医薬品メーカーである「ゾルティック社」は、近年急速に業績を伸ばしている新興企業だ。五人はその本社ビルの屋上に集合し、空調施設の陰で最終確認を行っていた。

「事前情報では、ターゲットはあのペントハウスに――」

泪がそう説明を始めると、獠が割り込むように訂正する。

「今朝まではな。今日、地下のシェルタールームに移された」

「ますます怪しいわね」

瞳が確信を深めてそう言った。警戒厳重な場所に獲物を運ぶからには、何らかの特殊な事情があるはずだ。

「では、プランCということね」

「あいよ」

泪の言葉に愛が軽く応じ、五人は二手に分かれて駆け出した。

セキュリティ監視室の警備員たちは、監視カメラの映像に困惑していた。

レオタード姿の二人組の男がビルに潜入している。モニターの中でにやけ顔の男が飛び跳ねながら手を振り、サングラスの巨漢がボディビルのポーズを見せつけていた。

「ムキムキマッチョの変態だ!!」

「捕まえろ!!」

変態の相手などしたくもないが、任務とあらば仕方がない。警備員たちは気乗りしない様子で監視室を出た。

「――いたぞ！　屋上だ！」

監視カメラの前で警備員が頭上を仰ぎ、非常階段を登る二人を見つけて仲間を呼んだ。三人の警備員が腰の拳銃を抜いて階段を進む。億劫《おっくう》そうだった態度とは裏腹に、訓練された軍隊を思わせる統制の取れた動きだった。

獠と海坊主は階段出口の屋根に身を隠し、彼らの装備を見下ろしていた。

「同業者か」

海坊主の呟きに獠が頷《うなず》いた。

「やはりな。この施設、尋常じゃないな」

二人が同時に立ち上がると、警備員たちが振り返った。

「尋常じゃないのはお前らの恰好《かっこう》だろ！」

「貴様ら何者だ！」

「人呼んで――」

二人はレオタードをばっと脱ぎ捨て、獠は赤いシャツと空色のジャケット、海坊主はレンジャーグリーンの戦闘服に装いを変えた。

「――シティーハンター!!」

獠が決め顔で名乗りを上げる。しかし警備員たちは降ってきたレオタードを頭から被《かぶ》ってパニックを起こしていた。

一人がレオタードを振り払い、目の前の獠に驚いて発砲した。獠は至近距離でそれをかわし、腹パンチで男を失神させる。残りの二人は海坊主の左右の手に頭を摑《つか》まれ、拍子木のようにぶつけられて気を失った。

増援が屋上に駆けつけた時、獠と海坊主はすでに姿を消していた。

「ただの変態じゃないぞ！」

三姉妹はエレベーターロープを伝い降り、地階に停まったカゴの監視カメラに自前の装置を取りつけた。モニターに送る情報を加工し、無人のエレベーターを映してくれる。これでしばらくは偽装できるだろう。

天井のハッチからカゴに入ってドアを開けると、正面通路の奥にシェルタールームの扉、天井に監視カメラが見えた。瞳が暗視ゴーグルを装着し、縦横に張り巡らされたレーザートラップを確認する。

「愛、お願い」

「よしきた」

愛がスマートフォンのような端末を操作し、乱数発生プログラムを起動させた。十桁の数字が目まぐるしく変化し、特定の数字で動きを止める。そのデータをセキュリティパネルに流し込み、レーザーの消失を確かめると、三人はシェルタールームへ向かった。地下の監視カメラには細工できないが、猿と海坊主が警備員を陽動しているはずだ。

シェルタールームもまたパスワードで施錠されていたが、愛のハッキング技術の前では開けっ放しも同然だった。

「ビンゴ！」

あっさりと扉が開き、三人は部屋に足を踏み入れた。数メートル四方の空間に棚が並び、絵画や彫刻が無造作に置かれている。目を惹《ひ》くような貴重品はなく、体裁を保つための展示物を保管しているだけらしい。

三人でしばらく物色していると、泪が囁《ささや》くように言った。

「あったわ。これよ」

棚の隅に一枚の絵画があった。船らしきものが描かれているが、愛には美術品的な価値は感じられなかった。

「なにこれ。退屈な絵にお粗末な額装」

同じ頃、別の侵入者が無人のセキュリティルームに現れていた。

目の部分だけを穿《うが》った白い仮面を着け、戦闘用のプロテクトスーツで長身を覆い、黒いコートを羽織っている。その風体はまさに怪人そのものだった。

絵画を持ち去る三人の女をモニターで観察し、怪人は部屋を後にした。

来生三姉妹がエレベーターで屋上に到着すると、ヘリポートの上空にヘリコプターが待機していた。操縦席には海坊主のパートナーの美樹《みき》が座っている。

投下された梯子《ラダー》に三人が摑まり、ヘリコプターが緩やかに上昇した。

ミッション完了――誰もがそう思った瞬間、一発の弾丸がそれを阻んだ。

「あっ！」

銃弾にはじかれた額縁が瞳の手を離れ、舞うように落ちて屋上で砕け散る。梯子《ラダー》の三人は想定外の妨害に対処できず、腕前から相手の練度を察した美樹がヘリコプターを離脱させた。

額縁の残骸に怪人が歩み寄り、中に仕込まれていた金属製の四角いケースを見下ろす。上面には赤い文字で「ＡＤＭ」と記されている。それを拾って蓋《ふた》を開けると、拳銃型注射器、三対のアンプル、カートリッジが収められていた。

「おい、そいつを返してもらおうか！」

異変を察した警備員たちが駆けつけ、銃を構えて怪人を取り囲んだ。

怪人は正面の男に組みつき、首筋への手刀で気を失わせた。すかさず回し蹴りを放ち、隣の男を昏倒《こんとう》させる。ほんの一瞬の出来事だった。

素早い射撃で二人を倒し、跳び蹴りで首を刈る。熟練者のダンスのような挙動が終わった時、戦闘可能な警備員は残っていなかった。

「────!?」

怪人が気配を察して振り返ると、壁にもたれて様子を窺《うかが》う獠の姿があった。

「コルト・パイソン……いい銃じゃないか」

怪人はいきなり銃を抜いて撃った。獠は転がって攻撃を避け、起き上がりざまに反撃する。怪人は地面に手をついて跳び、宙に浮いた状態で連射した。

獠がさらに前転して物陰に隠れると、海坊主の声が飛んできた。

「気をつけろ、獠！」

その言葉に反応して動きを止めた怪人は、海坊主にさっと銃口を向けた。

注意が逸れた隙を狙い、獠は倉庫の屋根から怪人に飛びかかった。銃を構える余裕を与えず、手足を封じて地面に押し倒す。

「顔くらい見せたらどうだ」

怪人は頭突きで獠を払いのけ、距離を取って逃げようとする。獠は背後から腰にしがみつき、ふと驚いたように目を見開いた。

「…………?」

強引に獠の腕を振りほどいた怪人は、屋上の端から中空へと踏み出した。

右手の袖からワイヤーが伸び、ビルの壁に鉤爪《かぎづめ》が突き刺さる。振り子のように飛翔して建物を次々に飛び移る怪人の姿は、たちまち闇に紛《まぎ》れて見えなくなった。

青く光る満月を背に浴びながら、獠は険しい顔で夜空を見上げていた。

第一章　猫よ消えないで

1

東京国際空港の西側にある第3旅客ターミナルは、二〇一〇年に建設された大型複合施設だ。国際線の発着ロビーに加えて、四つの滑走路を見渡せる展望デッキ、ショップや飲食店などを備えた日本の玄関である。

旅行客の声とアナウンスで賑《にぎ》わう二階の到着ロビーでは、母親とともに飛行機を待つ少年が暇を持て余し、隣に座る男の異様さに興味を惹かれていた。

身長二メートルはありそうな西洋人だった。瘦《や》せ気味の胴体から細長い四肢を伸ばし、狭い椅子に身体を押し込む姿は、脚を折り畳んだ蜘蛛《くも》を思わせる。後ろに撫《な》でつけられた灰色の髪には、血のように赤い差し色が入っていた。

少年の様子に気がついた男は、眼鏡越しに見ていたスマートフォンから視線を外し、目をギロリと見開いて笑いかけた。

「ニヒッ！」

「――――!?」

カメレオンめいた笑顔に怯《おび》える少年をよそに、飛行機の到着を知らせるアナウンスが流れた。男がガイダンスボードを確認していると、ゲートから銀髪の西洋人が近づいてくる。背丈は男と同じぐらいだが、体格はがっしりとした筋肉質。生真面目そうな顔つきにどこか翳《かげ》りのある双眸も対照的だった。

「見つけたか」

男がスマートフォンを差し出し、来訪者が受け取って画面を見る。新宿駅のマップの上で、ターゲットを示す赤いマーカーが明滅していた。

新宿駅東口の階段を降りた先に、濃緑色の黒板と白いチョークが常時設置されている。一度撤去された後、獠への報酬として警視庁が復活させた伝言板だ。利便性が高いとは言い難いが、古風な趣もあいまって利用者は多く、それなりの役割は果たしているらしい。

そこに記された書き込みを何度も読み返しながら、槇村香《まきむらかおり》は悩み続けていた。

「これってちょっと癖あるけど、女性の筆跡よね」

香は「XYZ」から始まる一文をまた凝視した。柔らかくしなやかな描線で綴《つづ》られている。これは高確率で女性の筆致だ。

「どうするかなー。依頼人が美女だったら……」

その場合は獠が手を出すに決まっている。自分の目で伝言板を確認し、依頼人が女性であれば獠に伝えない。香が肝に銘《めい》じている方針だった。しかし状況を検討するほどに現実が信念を曲げていく。

「あーもう！　このままだと依頼なしの最長記録を更新しちゃうよなー!!」

香は頭を抱えて髪を掻《か》きむしり、空気が抜けたように肩を落とし、深く長い溜《ため》息《いき》をついた。

現状把握のために小銭入れを取り出す。開くと硬貨は一枚も入っていない。決定的なダメージを食らった香は地団駄《じだんだ》を踏み、鬱積《うっせき》していた思いを吐き出した。

「なんであたしばっかりいつも悩まないといけないんだ!!」

行き交う人々が香を見た。当人は気にする素振りもなく、自分を説得するように力強く言った。

「仕方ない、生きるためよっ!」

2

獠と香が営む「冴羽商事」の事務所と住居を兼ねたサエバアパートは、新宿副都心から幹線道路をしばらく進んだ先にある。左右のオフィスビルに挟まれて窮屈そうに建つ、煉瓦《れんが》色の外装を持つ七階建てのビルだ。

地下は射撃練習場、一階と二階は吹き抜けの駐車場になっており、三階から五階を占めるアパートに住人はいない。二人が使う六階と七階には大幅な改造が施されている。シティーハンターの命を狙う輩への対策に加えて、美女の依頼人を獠から守るためのトラップも必要なのだった。

「今日はどの子にしよっかな〜」

獠はリビングのソファーで胡座《あぐら》をかき、鼻歌交じりにスマートフォンをいじっていた。マッチングアプリの画面をスワイプし、お気に入りの女の子をタップしてプロフィールを読んでは、またスワイプで別の女性に切り替える。

「もうマッチングというより、迷っチング〜」

ごろんと仰向けに寝そべり、写真を矢継ぎ早にチェックしていると、スマートフォンの向こうに人影が現れた。

「はーい？　なにを迷っチング？」

「あら香ちゃんおかえり〜」

ばつが悪そうな獠に目もくれず、香はスマートフォンを取り上げた。一瞥《いちべつ》して状況を察し、ユーザープロフィールに視線を向ける。

「ユーザーネーム——もっこり獠ちゃん!?　ばっかじゃないの!?　こんな名前で登録しちゃって!!　最近ナンパに行かないで家にいると思ったら、やってることは一緒か!!」

「あはははは」

獠は居直ったように笑い、急に真剣な目つきになった。引きしまった表情を一瞬で装い、リビングの入口に視線を投げる。長身の女がスマートフォンに装着したグリップを構え、二人のやり取りを撮影していた。

女がスマートフォンを下ろすと、整った目鼻と紅色の唇が見えた。ショートカットの淡い金髪、薄いブルーの瞳。シャープな印象を感じさせる美女だった。

「ボクとマッチングし～ましょ～ッ!!」

「こら、待てッ!!」

駆け寄って犬のように跳びはねる獠。女は対応に困りながらも、その動きをスマートフォンで追っていた。

「この物凄い美人さん誰!?　もしかしてボクちんの依頼人?」

香は大きく溜息をついた。こうなることは最初からわかっていた。やはり依頼を断るべきだったかもしれない。しかし懐具合がそれを許さないのだ。

「あいにくその通りよ。だからここに連れて来たくなかったんだよなー。わかってるわよね、変なことしたら――」

そこで違和感を覚えて目線を下げる。獠は床に膝をついて両手の指を組み、幼子のように瞳を潤《うる》ませ、天に祈りを捧《ささ》げていた。

「久しぶりのもっこりちゃん！　獠ちゃん嬉《うれ》しい〜っ!!」

「泣くな！　みっともない!!」

香がすかさず怒鳴《どな》りつける。獠は真顔に戻り、戸惑う女の手を握りしめた。

「お嬢さん、ボクが伝説のスイーパー冴羽獠です。ボディーガードからデートのエスコート、ヒール磨きに着替えや入浴のお手伝いまで、なんでもお引き受けいたしましょう」

「冴羽……獠……」

女はかすかに眉を上げ、噛《か》みしめるようにその名前を口にした。

「リョウちゃんと呼んでくださ～い！　んで、君の名前は？」

獠が鼻の下を伸ばして脳天気に問いかける。香は不機嫌そうに唇を尖《とが》らせた。

「仕事の自覚ってものがないんだから」

「おせ～て！　おせ～て！」

「ああ……名前……」

女は記憶を探るようにゆっくりと答えた。

「アンジェリーナ＝ドロティーア・オーシアノス……です……。長い名前なのでアン――」

「じゃあアンジーちゃんだ！」

獠が食い気味にそう提案し、女は勢いに押されて後ずさった。

「アンジーちゃんはどこから来たの？　歳《とし》はいくつ？　スリーサイズは？　当てでもいい？　う～んとね～」

「いい加減にせんかい！」

香は獠をむりやり引き剝《は》がし、取り繕《つくろ》うような笑顔を見せた。

「ごめんなさいね～。こんなんですけど仕事はきっちり――」

いつもの営業トークを始めようとして、香はアンジーが獠を凝視していることに気づいた。

「もしかして、獠のことをご存じなんですか？」

「えっ？　あっ、いえ」

アンジーが手を横に振り、獠が好機とばかりにその肩を抱き寄せる。

「な～に言ってんだよ香！　こ～んな素晴らしいもっこり美女と俺がお知り合いなわけないだろ？」

香が怒りに肩を震わせ、獠はしゃがんで指をうねうねと蠢《うごめ》かせた。

「――なので、これからじっくりとお尻合いになりましょ～!!」

指先がアンジーの尻に触れた瞬間、香は獠の腕を蹴り上げた。

「だからやめんか～ッ！」

「んぎゃ～ッ！」

3

「——猫探し？」

リビングでアンジーの話を聞いた獠と香は、声を揃えてそう問い返した。

「はい。故郷から連れてきたのですが、いなくなってしまって」

客人用のティーカップをローテーブルに戻し、口紅の跡を親指で拭《ぬぐ》うと、アンジーはスマートフォンを香に手渡した。画面には猫の写真が映っている。

「そうなんですか。あら！　かわいい～っ!!」

「名前はキャリコ。この子が日本の名所を旅する動画チャンネルを開設しようと思ったのですが……」

「日本の三毛猫ね」

「ふ～ん？」

香が写真を見せようとするが、獠はあまり興味を示さなかった。

「な～んか見たことがあるような、ないようような……」

香は首を傾げて小さく唸り、そう都合良く見かけるはずもないと思い直し、記憶を掘り起こすのをやめた。写真をちらりと見た獠がわずかに目を細めるが、香はそれに気づいていない。

「えっと、猫の撮影だけのために日本へ？」

「はい」

「そ～なんですか！　ちょっと失礼しますね!!」

きっと富裕層の道楽だ。依頼人に金の匂いを嗅《か》ぎ取った香は、にやけ顔を抑えながら獠に耳打ちした。

「これは依頼料期待できるかも!!」

「はあ？　お前はそんな目でしか依頼人のことを見られないのか？」

地雷を踏み抜く発言だった。香はアンジーにも聞こえる声でまくし立てた。

「あんたが家計に無頓着すぎるからでしょ!!　あたしがどんだけやりくりに苦労してるかわかってんの!!」

細々と生活費を切り詰めたところで、獠は気にかけることもない。積年の鬱憤が堰《せき》を切った今、香の説教は際限なく続きそうだった。

「……あの、報酬の件ですが」

事情を察したアンジーが小切手を書き、テーブルの上を滑《すべ》らせた。

「あっ、はい！」

決まり悪げにそれを受け取った香は、記された額面に目を疑い、見間違いではないことを確かめ、腹の底からありったけの声を出した。

「ええ～ッ!!　こんなにいいんですか～ッ!!」

「はい！　キャリコはとても大切な猫なので！」

「んぐ～ッ!!　行くわよ、獠!!」

香は拳を高々と突き上げ、気合いたっぷりに宣言した。

「その猫、絶対に見つけてやるからね!!」

赤いミニクーパーが紀伊國屋書店の前を横切った。

ハンドルを握っているのは獠だった。助手席のアンジーは新宿の街並みを撮影し、後部座席の香は血眼《ちまなこ》であたりを見回している。新宿大ガードの先を左折し、駅前の駐車場に車を停めると、三人は猫探しに取りかかった。

獠は猫用のキャリーバッグを肩にかけ、香は捕獲網を握りしめ、まずは居酒屋の立ち並ぶ路地に足を踏み入れた。アンジーが二人を撮りながら後を追う。香によると野良猫の多いエリアであるらしい。

「あの三毛猫は絶対ここにいるわ」

「本当か〜？　三毛猫なんか全然見当たんないけど」

「この依頼を成し遂げれば、しばらく生きていける!!」

香の頭には小切手に書かれた破格の金額がちらついていた。

「アンジーちゃん、こんなところも撮ってんの？」

獠が足を止めて振り返り、スマートフォンを構えたアンジーに話しかける。アンジーが立ち止まると、香が感心したように言った。

「動画制作者さんも楽じゃないのね」

「いつ動画のネタになるものが撮れるかわからないので」

そういうものかと香が納得していると、獠が決め顔でアンジーの手を握り、スマートフォンを優しく取り上げた。

「君は撮るより、撮られるほうが似合ってる」

「え？」

虚を突かれたアンジーが対応に窮し、獠はしゃがんでスマートフォンを掲げ、カメラで姿態を舐《な》め上げた。

「だってこんなにもっこりボディ〜なんだもん！」

その直後、獠の頭が捕獲網に覆われた。投げ出されたスマートフォンをアンジーがキャッチし、香が獠をずるずると引きずっていく。

「あ〜ん！　ボクちゃん猫じゃな〜い!!」

「ちゃんと探さんか！」

「わ〜ん！　アンジーちゃん、助けて〜っ!!」

助け船を出すはずもなく、アンジーは捕獲網の中で泣き声を上げる獠を撮り続けていた。

路地では収穫を得られず、三人は歌舞伎町へ移動した。人通りの多い場所のほうが情報を得やすい。香はいっそうの熱量をもって仕事に専念していた。

「猫を探してまーす！」

コマ通りを縦横に駆け回り、大量の通行人にビラを配る香。当たり前のように手伝わない獠は、アンジーとともに飲食店の前に立ち、その仕事ぶりを遠巻きに眺めていた。

「見かけた方はぜひとも知らせてくださーい！　この猫を探してまーす！　見つけたらこの番号に連絡してくださーい！」

「香さん凄い」

感服したようにアンジーが呟き、獠は小さく肩をすくめた。

「アンジーちゃんの報酬のおかげかな」

4

　交通量の多い車道に面した三角屋根の喫茶店——喫茶キャッツアイのボックス席で、来生三姉妹が先日の件について話し合っていた。

「ターゲットを奪った相手の正体も行方も、まだわからない」

　瞳が改めて現状を口にした。自分たちが首を突っ込んだのは、あれがゾルティック社に隠されているという差出人不明のメールが届いたからだ。愛にも出所を探れない、おそらくはキャッツアイの素性を知る者のメール。黙殺するわけにはいかなかった。

「こちらの動きを察知して、組織が動いたのかもしれないわ」

　泪が妥当な仮説を口にした。海坊主はカウンターテーブルを拭き、美樹はその奥で食器を片付けている。水の入ったコップを客席に運んでいるのは、身長一メートルほどの人型ロボット〝海小坊主〟だ。

「その件ですが……」

会話に聞き耳を立てていた海坊主は、手を止めて三姉妹に語りかけた。

「この先は獠抜きでやらせてもらいたい」

海坊主の口調にただならぬものを感じた三姉妹が目線を交わし、泪が代表して質問を投げた。

「なにかわけがありそうね」

「ターゲットの奪還にはもちろん協力させてもらいます」

海坊主は恐縮しながらも話を逸らす。後ろから美樹が顔を覗《のぞ》かせ、援護するように言葉を継いだ。

「大変な額のお店の修繕費を肩代わりしてもらってますから」

「確かに」

愛は天井を仰いだ。屋根の梁《はり》が無骨な鉄骨で補強されている。多少の爆撃ぐらいなら十分に耐えられるだろう。

「極厚防弾ガラスと鉄骨での梁の補強、結構かかったって言ってたもんね」

ある事件で対戦車榴弾《りゅうだん》が撃ち込まれた際、内装や備品のみならず、窓ガラスや外壁も壊滅的な被害を受けた。海坊主と美樹はオーナーの来生三姉妹に相談し、復旧費用を援助してもらったのである。

『コーヒーお持ちいたしました！』

海小坊主が愛の前にコーヒーを置いた。海小坊主もその際に大破し、修理を経て現在の姿になった。初めて店に来た頃とは外見が少し変わったが、ここで得た学習データは維持されているらしい。

「あら、海小坊主ちゃん偉いわね～」

海小坊主の頭を撫でていた愛は、ふと指先に違和感を覚えた。赤い頭頂部の中央に白い丸があり、その部分だけが数ミリほど窪《くぼ》んでいる。

「なんだこれ？」

「あっ！　それはっ!!　駄目!!」

海坊主が慌てて止めようとするが、愛の指はすでにそれを押していた。

「えっ!?　なに!?」

海小坊主がアラームのような電子音を発し、両目から強烈な光を放った。

『――防御モード起動』

大音量の警報音が流れ、すべての窓の下から防御壁がせり上がる。ボックス席のパーテーションとカウンターの前にも同じものが出現し、喫茶キャッツアイは堅牢な要塞に姿を変えた。

『………』

海坊主が両手で頭を抱《かか》える。カウンターで合掌していた美樹の姿が、防御壁に遮《さえぎ》られて見えなくなった。

「そういうことだったのね」

瞳と愛が声を揃えて糾弾し、泪は咎《とが》めるような目を海坊主に向けた。

「修繕費にしてはお高いわけだわ」

「面目ない」

海坊主がうなだれて頭を下げる。海小坊主はコンビの相方のように寄り添い、どうだとばかりに自慢げな顔を見せつけていた。

5

なんの収穫もなく時間が過ぎた。

日が暮れてきたところで、獠が今日は引き揚げようと提案した。香はもうしばらく粘《ねば》りたかったが、アンジーを遅くまで連れ回すのも気が引ける。まだ日数はあると判断して、その意見に従うことにした。

サエバアパートに帰り着くと、獠はそそくさと自室へ戻り、香はアンジーと玄関で押し問答を始めた。

「いやいやいや、やめときなさいって!!」

香が強硬に忠告するものの、アンジーは一歩も退こうとしなかった。

「お願いします！　お二人の日常をもっと撮らせてください！」

「あたしたちなんか撮ってどうするの？　面白いことなんてなにも――」

香が手を激しく横に振る。アンジーはぐっと顔を詰め寄らせた。

「いいえ！　絶対バズります!!」

「え～」

「この珍しい日本のカップルの生態を、ぜひ世界中の人たちに」

「ちょ、ちょっと！　獠なんか紹介したら日本の恥よ！」

焦って大声を出した後、香は口の中でもごもごと付け加えた。

「そもそも獠とあたしはカップルとかじゃないし……」

アンジーが不思議そうに瞬《まばた》きをする。香はそこで根本的な理由を思い出した。

「うちは商売柄、撮影お断りなのよ」

話題を変えたい気持ちもあり、殊更に強く拒絶する。アンジーは残念そうに目を伏せるが、すぐに吹っ切れた笑顔で言った。

「そうですか。ではせめてキャリコが見つかるまで、ここに泊まらせてください。もうホテルをチェックアウトしてしまったので」

「――わ～い!!　ようこそアンジーちゃ～ん!!」

階段で立ち聞きをしていた獠が駆け下りてきた。脱力してへたり込む香には目もくれず、紳士めいた所作でアンジーの手を取って語りかける。

「ノープロブレム。依頼人は無料で宿泊オッケーです!!」

獠の左手から「歓迎　アンジー様　シティーホテルサエバ」と書かれた幕が垂れ下がる。異様な圧に押されながらも、アンジーはしっかりと撮影を続けていた。

「はい!　キャリコが見つかるまでお世話に……」

「お世話だなんて、そんな堅いコト言わないで!　はい、柔らか〜く」

垂れ幕を捨ててアンジーの両腕を広げさせ、じわじわと胸元に指を近づける。

「このもっこりバストくらいに〜」

「そういうのいいから!」

香の渾身《こんしん》のパンチが獠の顔面を捉えた。宙を舞った巨軀が壁に激突し、そのまま崩れ落ちて動かなくなる。アンジーはスマートフォンを構えたまま、興味深げに香を見つめていた。

6

バスルームで一人になったアンジーの表情には、息苦しいほどの切実さが刻《きざ》まれていた。獠と香に見せなかったそれは、動画撮影のために来日したというお気楽な自己紹介とはかけ離れたものだった。

シャワーを止めて両手で顔を覆い、憂いを払うように髪を掻き上げると、均整の取れた筋肉が盛り上がった。左手で右肩を押さえ、変色した古傷にそっと触れる。彼女が生きてきた日々の痕《あと》だ。

ちょうどその時、二つの人影がサエバアパートを見上げていた。手足の長い男が歩道を渡り、明かりの点《つ》いた部屋に視線を注《そそ》ぐ。その背後では筋肉質の大男がサングラスを外し、思慮深げにビルを睨んでいた。

「ぷは～っ！」

飲みかけの缶ビールをローテーブルに置くと、香は寄せられた情報のチェックに取りかかった。届いた猫の写真をタブレットで確認するが、顔つきや模様が違うものばかりで、三毛猫ですらないものも混ざっている。白猫や黒猫の写真に至っては、悪戯《いたずら》なのか自慢なのかもわからない。香は見通しの甘さを痛感するばかりだった。

「猫探し、舐めてたわ～」

「ああ……そうだな……」

相槌《あいづち》を打つ声を聞き流し、香はタブレットの画面を気忙《きぜわ》しげに切り替えた。

「もし見つけられなかったらどうしよう。全額前払いにしてもらった報酬、溜まってた支払いに全部充《あ》てちゃった」

「そいつは困った」

「なによ獠！　他人事《ひとごと》みたいに！」

「ああ……そうだな……」

身じろぎもせずに応じる。悪い予感が香の頭をよぎった。

「……まさか！」

腰を浮かせて腕を伸ばし、頭を鷲《わし》掴みにして引き上げる。そこに座っていたのは獠の服を着た身代わり人形だった。

「あんのやろお～ッ！　成敗してくれる!!」

人形を突き上げた拳に力を込めてそう叫《さけ》ぶと、人形が同意するように言った。

「ああ……そうだな……」

バスルームに通じる廊下には、当然のように香のトラップが設置されていた。

しかし獠のほうも経験は積んでいる。痛い目に遭《あ》った過去を糧《かて》として、降ってくる鉄球を軽々と突破した獠は、いつになく順調に攻略を進めていた。

「――――!!」

曲がり角の手前に落とし穴があった。天板を踏み抜いた獠は学習を活かし、左右の壁に手足を突っ張らせて持ちこたえる。

「こんなものまで作りやがって！　だが、まだまだ甘い！」

　獠は床板の手前まで這《は》い上がり、壁を蹴って飛び出した。事前に動いていた丸太の振り子が着地点に突っ込み、その身体を壁に叩きつける。タイミングと行動を計算した香の勝利だった。

「腕、上げたのね……」

　クリティカルヒットを食らったことで、獠の執念はいっそう強まった。

「しか〜しっ！　こんなことで諦めるリョウちゃんではない！」

　もはや罠《わな》を避けようともせず、仕掛けを壊しながら突き進み、獠は傷だらけで脱衣所に辿《たど》り着いた。

「あらこんな所に!!　失礼しま〜すっ！　にょほほ〜!!」

　獠は脱衣カゴのブラジャーを手に取り、突然シリアスな顔つきになった。

「スポーツブラ!?　これを付けてあのヴォリューム……。一体どうなってるんだあああー!!」

　奇声を発してバスルームのドアに手を伸ばす。その瞬間、廊下から飛来した鉄球が獠の頭を直撃した。

「――何十年おんなじことやっとんじゃ！」

「か、香……。アンジーちゃんに当たったら……」

そう言い残して意識を失う獠。香がドアの開く音に振り返ると、アンジーが何事かとバスルームを出てくるところだった。

「アンジーさん、大丈夫だった!?」

「えっ、ええ……」

裸のままで平然と応じるアンジーに、香が赤面してバスタオルを差し出した。

「はい、どうぞ！」

「……あ、ありがとう」

前を隠してほしい香の気持ちは伝わらず、怪訝そうにタオルを受け取る。

「まったく、向こうの人は大らかなんだから」

香は目を逸らしてそう呟き、身体を拭いているアンジーに言った。

「こういうやつなんで、できればちゃんと警戒して、魔の手が伸びてきたら逃げてもらえると助かるんだけど……」

アンジーはそれには答えず、唐突な質問を口にした。

「それより香さん、あなた……冴羽さんより強いのね」

「へっ？」

香は一瞬目を丸くして、ひどく強引にとぼけてみせた。

「あれ？　なんで鉄球なんてあるのかな？　あはははは……」


アンジーには依頼人用の部屋があてがわれた。ハンマーを携えてドアの前を見張っていた香は、一日の疲れでいつしか眠りに落ちていた。獠が夜這いにやってくる気配もなく、ひとまずは静かな夜になりそうだった。

カーテンの隙間から淡い月光が差している。アンジーはベッドに横たわり、薄明かりの中でスマートフォンを見つめていた。

『——失礼しま〜すっ！　にょほほ〜!!』

画面には下着を漁《あさ》る獠が映っている。行動を予測して隠し撮りしたものだ。

「これが……冴羽獠……」

アンジーは動画の音量を絞ってそう呟くと、苛立《いらだ》たしげに電源を切り、ベッドから身体を起こした。強い感情のこもった目で虚空を睨み、募らせてきた思いを苦々しく噛みしめる。脳裏には破られた写真の右半分――少年兵の色あせた姿が浮かんでいた。

「これが、あなたの最高傑作なのですか……」

7

野上冴子《のがみさえこ》は険しい顔でバーの扉を開けた。

カウンター席でワイルドターキーを傾ける獠を見据え、ヒールの音を響かせて歩み寄る。年配のマスターは席を外しており、他の客は一人もいない。密談には格好のシチュエーションだった。

獠が自分のほうを向いた瞬間、冴子はその頬を張り飛ばした。

「あがっ!!」

防御する暇もなかった。獠はどうにか体勢を立て直し、目にうっすらと涙を浮かべて反駁《はんばく》する。

「いきなりなにすんだよ、冴子！」

「余計なことをしてくれたわね！」

目を閉じてそう吐《は》き捨てると、冴子は隣の席に腰を下ろした。

「……海坊主がもっこり三姉妹と内緒話してたから、なにかな〜って」

赤く腫れた頬をさすりながら、獠は叱られて拗《す》ねた子供のように弁解した。下心があったことは明白だった。

「翌日に取引が行われるって情報を、こっちは摑んでたのよ！」

「そうだ、現場で押収する段取りはできていたんだ！」

カウンターの下からスーツ姿の中年男がぬっと現れ、獠が不意を突かれてのけぞった。冴子と同じくひどく憤っている。

「お前たちが事を荒立てなければな!!」

身を乗り出して人差し指を突きつける。獠は男に冷たい目を向けた。

「あんた、誰？」

「公安の下山田《しもやまだ》だよ!!」

男はカウンターを叩いて怒鳴った。公安部外事第三課の下山田誠《まこと》とは、以前にもこのバーで逢《あ》っている。冴子を仲介者として情報を共有し、共通の敵と戦ったことがある関係だ。

「で……あの中身は一体、なんなんだ？」

獠が真面目な顔で尋ねる。下山田は苛立たしげに答えた。

「バイオ企業ゾルティック社が蘇《よみがえ》らせた悪魔の発明。軍事用だ」

グラスの氷が乾いた音を立てた。過去と現在が絡みつき、疑念が一点に収束する。獠は遠い目になってその名前を呟いた。

「〝エンジェルダスト〟」

「そう――エンジェルダスト」

忌まわしい名を口にしながら、冴子もまた遠くを見ていた。

「ナノマシンによって身体能力を強化し、人間の痛覚や恐怖心を麻痺《まひ》させて、超人兵士へと変える闇のテクノロジー。戦場では長らく、副反応を抑えた第二世代が使われていたようだけど……再現不可能とされていたオリジナルが、改良型として再製造されつつある。それが〝エンジェルダスト・改〟」

冴子は反応を探るように獠を見た。

「〝Angel Dust Mod.《モディファイド》〟——その頭文字を取って〝アダム〟と呼ばれているわ。何者かが奪ったのは、まだこの世に一セットしか存在しないアダムよ」

「そうだ、そこに——」

待ち構えていた下山田が説明を加えようとする。獠がそれをすかさず遮った。

「そこに〝赤いペガサス〟が絡んでいるわけか」

「ええ」

冴子が同意した。これも自分たちと因縁の深い名前だ。

「ふん、察しのいいことだ。同じ穴の狢《むじな》か」

機先を制された下山田が不満げに言う。獠はそれを気にも留めず、忘れられない夜の記憶を辿っていた。

＊　　＊

路上の黒い傘を雨が叩いていた。

血に染まったボロボロのコートを揺《ゆ》らし、残り少ない力を絞り出すように歩を進める眼鏡の男——槙村秀幸《まきむらひでゆき》は、駆けつけた獠の腕に倒れ込んだ。

「槙村……」

槙村は懐から指輪のケースを取り出し、震える手で獠に差し出した。

「……香を……頼む……」

槙村の身体が崩れ落ちる。コートを摑む指に力を込め、全身でその重みを受け止めながら、獠は親友への最後のメッセージを口にした。

「……しばらくの間、地獄は寂しいかもしれんが、すぐに賑やかにしてやるよ……槙村……」

「あなたの元相棒、私の同僚でもあった槙村秀幸の仇《かたき》――赤いペガサス。ここ数年、また動きを活発にしている、国内最大の犯罪組織」

警視庁の刑事として冴子とともに活躍し、退職後に獠のパートナーとなった槙村は、赤いペガサスの勧誘を断って殺害された。香を育てた血の繋《つな》がらない兄でもある槙村は、獠たちを繋ぐキーパーソンだった。

＊　　＊

「ゾルティック社にはその息がかかっている」

下山田が話を引き継いで言った。

「発注者の品質要求が厳しかったようだが、ようやく一セット分の製造にこぎつけた。だからこそ今、押さえたかったのだ！」

「そこでもっこり三姉妹はそれを奪い、闇に葬《ほうむ》ろうとしていた。発注者――すなわち〝赤いペガサスの上位組織〟がお前さんたちの手に負える相手じゃないからだ」

「なにっ！」

「その上位組織に心当たりがありそうね」

冴子がそう訊《き》くと、獠は苦いものを吐き出すように答えた。

「おそらくは……〝ユニオン・テオーペ〟」

「……あの巨大シンジケートか」

下山田が厄介だなと眉をひそめる。冴子は頭の中で状況を整理した。

「アダムを奪ったのはユニオン・テオーペの人間ということ？　なにか特徴はなかった？」

「あるとすれば……」

獠は物憂げな声で答えた。

「俺と同じ、コルト・パイソン．357マグナムを使う」

8

翌日の午後、獠たちは新宿南口を散策していた。

猫探しに専念したい香をよそに、獠はしきりにアンジーに話しかけ、プライベートを聞き出そうとしていた。任務を完全に放棄した態度である。

「さ、冴羽さん！　どこへ!?」

「あんな下着を着けてちゃいかん！」

獠は当惑するアンジーの手を引き、小綺麗《こぎれい》なランジェリーショップに連れ込んだ。色とりどりの下着が並ぶ中、マネキンのブラジャーを外し、服の上からアンジーの胸に押し当てて目を輝かせる。

「極上なもっこりバストには、こ～んなのがお似合い」

「…………?」

アンジーが反応するよりも早く、香の投げ縄が獠を捕らえた。

「げっ!!」

「とっとと猫を探さんかいっ!!　余計な手間を増やすんじゃないよ!!」

香はセイウチのように暴れる獠を店から引きずり出した。

アンジーがいつまでいられるかはわからない。彼女が帰国する前にキャリコを見つけないと、家計はまた深刻な危機に陥る。香は切羽詰まった顔で足を速めた。

「なんとか今日中に――」

ビラの写真に見入っていた香は、通行人に頭をぶつけて足を止めた。

「ふぎゅ!!　……あ、すみません。ごめんなさい」

「よそ見していると危ないぞ」

そこにいたのは馴染《なじ》みの二人組だった。

「海坊主さん、美樹さん!」

「香さんたちもお買い物?」

両手でバケットを抱えた美樹が尋ねた。海坊主は食材の入ったバッグを提げている。二人とも仕事中と同じエプロン姿だ。

「あ、この子知らない？」

香はビラを二人に見せた。海坊主は身を屈《かが》めて覗き込み、

「ん？　ネ……ネネネネ……ネコ……!?」

巨体を震わせて目を逸らした。美樹はくすくすと笑い、記憶の中の景色と照らし合わせながら言った。

「もしかして、この猫ちゃん……」


「――３Ｄのネコ～っ!?」

新宿東口のアルタ前広場に移動した香は、巨大な三毛猫に驚きの声を上げた。ビルの上部に据えられた広告用スクリーンの中で、立体動画の三毛猫が地上を見下ろしていた。顔の右側が黒、左側が茶色、鼻から下が白。紛うことなきキャリコの姿だった。

「これって、ネットの拾い画像だったたってこと？」

香は広場の生け垣に座り、ビラの写真と立体映像を見比べた。海坊主は猫が映

らないように両手でサングラスを覆い、美樹が愛しげにそれを見守っている。

「もしかしてあんた、初めから知ってたの？」

「灯台下暗し。誰でも知ってるさ」

獠は頭の後ろで両手を組み、当然とばかりに答えた。広場の中央では白い帽子を被った二頭身の着ぐるみが子供たちに風船を配っている。新宿区の防犯マスコット〝新宿シンちゃん〟である。

「じゃあなんで……」

香は理由を問おうとして、アンジーに向けられた獠の視線に気づいた。画像が捏造《ねつぞう》である以上、依頼も嘘《うそ》ということになる。先に訊くべきはこっちのほうだ。

「なんのためにこんな？　依頼料だってあんなに……」

不安を抑えながら尋ねるものの、アンジーは答えようとしなかった。

そこから数十メートル離れた場所――車道を隔てたビルの陰で、手足の長い男が柱に半身を隠し、数本のナイフを指に挟んでこちらを窺っていた。

アンジーの目に鋭い光が宿り、獠と海坊主と美樹がさっと身構えた。

「────!!」

三つの風船が一斉に割れた。投じられたナイフがアンジーの眼前を掠め、削《そ》がれた金髪が風に舞う。その間、アンジーは眉一つ動かさなかった。

通行人と子供たちがざわつき、シンちゃんが子供の肩に手を載せる。人混みに紛れて立ち去る男の特徴的な後ろ姿を、獠の目ははっきりと捉えていた。

「なんの気配もなかった」

海坊主は看板に刺さったナイフを抜き、特徴を確かめるべく熟視した。

「ああ、一つは注意を逸らすために風船を狙い──」

獠がアンジーに向き直り、全員がそちらに注目する。海坊主があとを引き取って続けた。

「もう一つはあんたを狙ったように思えるが」

「どういうこと？」

香が要領を得ない様子で訊いた。猫探しは嘘だった。何者かがナイフを投げつけてきた。謎だらけでなにもわからないが、状況が変わることは間違いない。

「それは――」

誰もいないほうを横目でちらりと見て、アンジーは腹を括《くく》ったように言った。

「実は私、命を狙われているんです」

第二章　偽りの依頼人

1

「口にするのが怖くて話せませんでした」

　喫茶キャッツアイのカウンターで、アンジーは隣席の香にそう告げた。獠と海坊主は後方のボックス席で二人の話に耳を傾けていた。カウンターの奥では美樹がサイフォンでコーヒーを淹《い》れている。

「ううん、正直に言ってくれて良かったわ。ありがとう」

「えっ……あっ……はい……」

美樹が二人の前にコーヒーカップを置く。アンジーは白い湯気をぼんやりと見つめながら話し始めた。

「冴羽さんといれば、本当のことを話さなくても身を守ってもらえると思って」

「どんな理由で誰に狙われているのか、わからないの？」

「恨みを買うような心当たりは……」

アンジーが首を傾げる。そこへ海坊主が口を挟んだ。

「それにしても、猫探しとは妙な嘘をついたもんだな」

「うちに来る前、猫となにかあったとか？」

ガラス窓の「CAT'S EYE」のロゴを横目で見ながら、獠がどこか意味ありげにそう訊いた。確かになぜ猫なんだろうと香は思った。あの3D猫は大勢の通行人が目にするものだ。いつまでも騙《だま》し通せるはずがない。

アンジーがなにも答えず、場の空気が濁《にご》りかけたところで、美樹が唐突に明るい声を出した。

「――ねえ香さん、アンジーさん！　ちょっとこれ食べてみて！」

香とアンジーの前にデザートの皿が並べられた。丸いスポンジ生地にカステラを重ね、モンブランを盛った一品——モンブランパンケーキだった。

「なにこれ!?　おいしそ〜っ!!」

目を輝かせる香とは対照的に、アンジーは不審げにそれを注視している。

「今度、パンケーキフェアをやろうと思って。良かったら感想を聞かせて」

美樹がそう説明し、香はしげしげと皿を見つめた。

「へえ〜、美樹さんらしい」

「ファルコンのアイデアなのよ」

美樹が種明かしをしてウィンクをする。

「へえ〜、そうなんだー」

香が驚きと冷やかしの混ざった目を向けると、海坊主は顔をうっすらと赤く染めて咳払《せきばら》いをした。

「ゴホンッ!!　言わなくていい」

「うひひ」

獠が茶化すように笑い、香はナイフとフォークを手に取った。

「じゃあ、遠慮なく。いただきまーす」

切り分けたパンケーキを口に運び、舌でじっくりと味わう。見た目ほどの甘さはなく、マロンクリームと生地が調和し、滑らかな食感が演出されている。香は心からの賛辞を口にした。

「これ美味しい!!　どう、アンジーさん?」

アンジーはパンケーキを凝視し、拳で握ったナイフとフォークの先端で押して反応を窺っていた。新種の生物に挑む科学者のような仕草だった。

「あはは。変わった食べ方ね」

香は思わず苦笑した。美樹が不安げに見つめる中、アンジーは切り分けた一片を口に押し込み、目を見開いて声を上げた。

「う～ん!!　美味し～っ!!」

「でしょ～っ!!」

「良かった～、お口に合って」

美樹がほっと安堵《あんど》していると、アンジーは急に熱っぽく語り出した。

「はい。しっとりと柔らかく弾力があって、濃厚なのにあっさりしていて、ほのかな木の実の香りが心地よく広がって……。こんなに美味しいものが存在するなんて、信じられません。あなた一体、何者ですか!?」

「何者でもないけど……それがお気に召したのなら、こんなのもあるわよ」

美樹は二人の前にフルーツパフェを差し出した。チェリーと生クリームを盛った古風なプリンの周りに、リンゴやバナナやメロンといったカットフルーツが飾られている。

「はい、どうぞ」

「OH!」

「超ゴージャス!!」

「まだまだあるわよ!」

創作魂に火が付いた美樹は、腕まくりをしてキッチンの食材を物色し始めた。

「──さあ、召し上がれ」

カウンターには大量のスイーツが所狭しと並べられていた。

幸せそうな香とアンジーを見守りながらも、獠は歩道を通りかかる美女を見逃さなかった。

「むっ!?」

背後の窓から容姿をチェックし、脱兎の勢いで店を飛び出すと、獠はスマートフォンを触っている美女に駆け寄った。

「おね～さ～んっ!!　ボクとお茶しな～い？　このお店以外で!!」

「きゃーッ!!」

美女は得体の知れない男を突き飛ばし、道端のゴミ箱を叩きつけ、憤然として立ち去っていく。転倒した獠は足をばたつかせて未練がましく叫んだ。

「待って～!!　ボクのもっこりちゃ～ん！」

その顚末《てんまつ》は店内からも丸見えだった。海坊主は興味なさげに皿を拭き、美樹はいつもの展開に苦笑している。香は深い溜息をついた。

「ったくアイツは……。アンジーさんが狙われてるっていうのに」

「香さん、ちょっと聞きたいことが」

「ん？　なに？」

香が軽く応じると、アンジーは真剣な表情で問いかけた。

「冴羽さんの言っている……もっこり……とはなんですか？」

「んっぶっ!!」

香の喉から異音が洩《も》れた。海坊主と美樹が凍りつき、海坊主の手の中で皿が真っ二つに割れた。

「あ、あれよね。えっとその～」

無難な説明を探そうとするが、適切な表現が見つからない。アンジーは挙動不審ぶりを怪しみ、自分なりの解釈を口にした。

「もしかして女性を褒める言葉なのですか？」

「ああ、そうそう!!　そんな感じかな……あはは。獠がそれを言うってことは、魅力的な女性ですねってことなの！」

「彼は私を褒めていると？」

「うん、まあそうね」

どうにか穏当な回答に辿り着いた。香がそう安心していると、アンジーは第二の矢を繰り出した。

「ではなぜ、冴羽さんは香さんにもっこりしないのですか？」

「んっぶっ!!」

海坊主と美樹が再び凍りつき、海坊主が皿をへし折った。

「い、いいのよそれで！　こっちから願い下げなんだから!!」

香はそう答えるものの、アンジーは納得できない様子だった。

別の話題を求めて外を見やると、獠が懲りもせずにランニング中の美女に声をかけている。香は怒鳴りながら店を飛び出した。

「――いつまでやっとんじゃ!!」

海坊主と美樹が割れた皿を集め、カウンターの脇のゴミ箱に捨てた。窓の外では香が獠を追い回している。そのやり取りを不可解そうに眺めながら、アンジーは美樹に質問を投げた。

「……あの、二人は恋人同士なのですか？」

「あら？　そう見える？」

「お、おいっ！」

美樹が喜々として身体を寄せ、狼狽《ろうばい》した海坊主が顔を背ける。アンジーは小さく手を振った。

「あ、いえ、冴羽さんと香さん……」

「ああ、あの二人はそうね――」

そこまで言ったところで、美樹はいきなり海坊主の腕に抱きついた。

「くっついちゃえばいいのにね!!　私たちみたいに!!」

「おいっ！　美樹!!」

海坊主が真っ赤になるのと同時に、外から男の悲鳴が聞こえた。

「はぐあッ!!」

アンジーが後ろに目をやると、獠が強化ガラスに激突していた。肩で息をしながら香がそれを睨みつけている。

「くっついちゃいないようで、誰もあいつらの間には入れない」

海坊主は真理を説くようにそう呟き、アンジーと美樹の視線に気づいてまた真っ赤になり、照れ隠しに鼻を鳴らした。

「――フン！」

2

改めてボディーガードの依頼人となったアンジーは、サエバアパートでの暮らしを続けることになった。

アンジーを狙う相手の目的や正体はわからないが、猫探しよりは経験とノウハウがある。香はアンジーの身を案じながらも、むしろ対処しやすくなったと感じていた。どんなに屈強な男が現れても獠に敵《かな》うわけがない。

「えっ、こんなにお砂糖を？」

牛肉とタマネギをお玉でかき混ぜながら、アンジーが目を丸くして言った。

二人はキッチンで夕食の支度に勤《いそ》しんでいた。香が体力を蓄えておこうと提案し、せっかくだからと定番の日本料理を作ることにしたのである。喫茶キャッツアイで大量のカロリーを摂取したとはいえ、スイーツはあくまでも別腹だった。

「そ、よく混ぜてね。美味しい肉じゃが作るから」

隣で野菜を炒めていた香は、フライパンから目を離さずに応じた。

「は、はい」

「アンジーさん、ごめん！　そこの木べら取ってくれる？」

「はい、これですか？」

「そうそう！　ありがとう！」

受け取った木べらと箸で野菜を転がしつつ、香は軽い口調で話を切り替えた。

「アレね、とにかくここから出ないことね」

「えっ!?」

「そうすればひとまず安全だから」

アンジーの手が止まり、香はなにげなく鍋の中を覗いて指示を出した。

「もう少しお砂糖入れちゃおうかな。あとスプーン一杯くらいで」

アンジーは静かに息を吐き、シュガーポットの砂糖を鍋に移した。

「日本の家庭料理、初めてで……。一つでも覚えて帰れば、父に作ってあげられるのかなって」

「あら、いいじゃない!!　そうしなよ!!　後でレシピ書いておくから!!」

香が大喜びで賛同する。アンジーは直視を避けるように目を伏せた。

「肉じゃがもいいけど、日本のカレーも美味しいわよ。材料もほとんど同じだし。おっとこんなもんかな。——さあ、できた」

香は上機嫌で野菜炒めを皿に盛り、完成した料理を食卓に運ぼうとする。アンジーは不意に顔を曇《くも》らせ、深刻な口ぶりで問いかけた。

「香さん……もし今、冴羽さんが殺されたらどうします?」

「えっ?」

「都会のスイーパーだなんて……」

香は考えを巡らせた。命を狙われたことは幾度もある。危険な職業であることは否めない。アンジーが危惧するのは当然だろう。

「うん、まあそうよね」

アンジーの言葉を肯定しながらも、香は自分の本心ではないと感じていた。死の可能性はいつも身近にあるが、獠がそこに陥るイメージが浮かばない。香にとってそれは一つの確信だった。

「でも——獠は死なないわ」

アンジーがはっと息を呑《の》み、香は野菜炒めの皿を食卓に置いた。

「どうしちゃったの、アンジーさん。そんなこと聞くなんて」

「私は……冴羽獠を……」

アンジーは右腕をまっすぐに伸ばし、計量スプーンを香に突きつけた。

「シティーハンターを殺しに来たから」

「………」

束《つか》の間の静寂。それを破ったのは香の爆笑だった。

「ぎゃ～ははははっ!!　や～だアンジーさん、面白いトコあるんじゃない!!」

ひとしきり笑い転げた後、香の目には涙が滲《にじ》んでいた。

「そんな格好でなにを言い出すかと思えば!!」

借り物のエプロンを身に着け、計量スプーンとシュガーポットを持ったアンジーは、そんな自分の姿をまじまじと見た。

「冗談なんて言わない人だと思ってた！　だいたいそういうセリフは包丁を持って言わなくちゃ！」

香はまだ笑い続けていた。賑やかなキッチンの二人には、廊下に佇む獠の存在に気づく由もなかった。


喫茶キャッツアイの看板が消灯した。

洗い物をすませて客席側からカウンターを拭いていた美樹は、看板を片付ける海坊主に背を向けたまま、憂い顔で口を開いた。

「――あの子」

「うん？」

海坊主はドアの傍《かたわ》らに看板を置き、美樹のほうへ身体を起こした。

「アンジーさんってなんだか……なぜだかわからないけど……彼女を見ていたら、昔の自分を思い出したの」

内戦国の孤児だった美樹には、傭兵時代の海坊主に育てられ、身を守る術《すべ》を教わった過去がある。普通の人生を送らせるために、海坊主は部隊に入るという美樹を置き去りにした。その数年後、美樹が来日して結婚を迫ったのだ。

「なにかを……誰かを求めて心でもがいているような……」

美樹の胸をよぎったのは、家族や友人をすべて失い、誰かに愛されたいと渇望する子供——海坊主に出逢う前の自分の姿だった。アンジーの物腰や眼差しには、それと同じ無惨なまでの飢餓感が宿っているように思われた。

海坊主はなにも言わず、悪い予感に抗《あらが》おうとする美樹を見つめた。

3

早朝の花園神社に霞《かすみ》が立ちこめていた。

静かな境内にカラスの声が響く。アンジーはビルに挟まれた鳥居を抜け、重い表情で石畳の参道を進んでいた。その脇に立ち並ぶ樹の上から、四肢の長い男がじっと様子を窺っている。

「――――!?」

アンジーが仰ぎ見ようとした矢先、男は猛禽《もうきん》のように急降下し、ナイフを斜めに振り下ろした。

「ヒャハーッ!!」

アンジーは一歩退がって攻撃を避け、ナイフを持つ手を摑み、男に背負い投げを食らわせた。男は空中で一回転して着地し、アンジーの踵《かかと》落としを受け流す。同時に蹴りを放って下腿をぶつけ合うと、二人は距離を取って対峙《たいじ》した。

「よう、アノーニモ」

男は上目遣いにアンジーを睨《ね》めつけて言った。

「やんちゃなことをしてくれたじゃねえか。俺たちはどこにいたって、居場所が筒抜けなんだぜ？」

「いつでも殺せたはずだ。昨日といい、腕が鈍《にぶ》ったんじゃないか？　エスパーダ」

「ピラルクーの許しが出ねえのさ。お前に話を聞くまではってな」

臨戦態勢を保ったまま、エスパーダと呼ばれた男は冷たく笑った。

アンジーが相手の出方を探っていると、精悍《せいかん》な顔つきの筋肉質の男――ピラルクーが建物の陰から姿を見せた。

「メイヨールはお前に目をかけている。なぜあの方の信頼を裏切った」

憤りを押し殺した声で問う。アンジーは毅然《きぜん》として答えた。

「私はメイヨールを裏切ってなどいない」

「あァ？」

エスパーダが煽《あお》るように口を挟み、ピラルクーは冷静に言葉を続けた。

「俺たちの役割はシンプルだ。組織の長たるメイヨールの命令があれば遂行する。なければ動く必要はない。そこに自らの意思は不要だ。シティーハンターに近づいた理由も聞かせてもらおう」

「私はすでに抹殺対象なのだろう。問答は無用のはずだ」

アンジーが半身を引いて攻撃の構えを取る。エスパーダが肩を怒《いか》らせ、ピラルクーが左手を差し出した。

「その前にアダムを渡せ」

「あれは使うべきではない」

「ユニオン・テオーペは俺たちの家だ。帰る家をなくしてもいいんだな？」

「それでも、私は誰よりもメイヨールに必要とされる存在になる」

アンジーが勇ましく宣言し、エスパーダはやれやれとかぶりを振った。

「あーあー、いよいよ拗《こじ》らせやがって」

アンジーの懐に飛び込んだエスパーダがナイフを横に滑らせ、脳天に踵を落とそうとする。その踵を払いのけて背中に肘を打ち込むと、アンジーは無防備になった顔面を殴り、飛び出しナイフの攻撃をかわし、エスパーダを背負い投げで自動販売機に叩きつけた。

アンジーは区役所分庁舎の前を過ぎ、隣にある三階建ての白い建物――旧四谷第五小学校に駆け込んだ。長きにわたり学び舎《や》として使われた後、区役所の分庁舎を経て、民間企業のオフィスになった戦前のモダニズム建築である。

一階の廊下を走るアンジーの前に、先回りしていたエスパーダが現れた。縦横に振り回されるナイフをかわして顎《あご》を蹴り上げると、相手が床に倒れて動かなくなる。しかし致命的なダメージは与えていない。すぐに起き上がるはずだ。

アンジーはとっさに思案を巡らせた。捕まるわけにはいかない。二人と同時に戦うことも避けたい。ここはひとまず退くのが正解だろう。

「――アノーニモ」

わずかに歩を進めたところで、背後からピラルクーの声がした。アンジーは足を止めて振り返った。

「お前は優れた傭兵《ようへい》だが、それは命令あってのものだ。今の行動は適切な判断に基づいていない」

　ピラルクーは左手を突き出して強く命じた。

「アダムを渡せ。エンジェルダストの本来の力を我々が取り戻す」

　アンジーはあの写真のことを思い出していた。ピラルクーは語り続ける。

「大国同士が戦えば世界が滅びる。最良なのは暗殺だ。いかなる状況にあっても、それを遂行するためにアダムは必要なのだ」

「それがいつかすべてを滅ぼす……メイヨールも」

「違う。戦争のありようが変われば組織もメイヨールも――」

「必要なのはエンジェルダストではない。私なのだ」

　交渉の余地はないと悟り、ピラルクーは説得を諦めて手を下ろした。

　エスパーダがのっそりと身を起こし、ジャケットの内ポケットから筒状のものを取り出した。ロケットのような外殻の内部で紫色の光が怪しく蠢いている。側面のスイッチを押すと甲高い電子音が鳴り、先端から注射針が現れた。

アンジーはちらりと後ろを見やり、ピラルクーのほうへ向き直ると、溢《あふ》れんばかりの鬱積を初めて口に出して言い放った。

「エンジェルダストとあの男が、メイヨールを変えてしまった！」

エスパーダが口元を歪《ゆが》め、自分の左手首に注射針を突き立てた。ピストンが自動的に動き、内容物が注入されていく。

「かつては紛争を収め、革命を助けたあの方を！　だから私はあの、あの男を……超える！」

アンジーは速いキックを繰り出した。ピラルクーは肘を揃えてガードの姿勢を取り、回し蹴りを肩でブロックしてアンジーの足首を摑み、円盤投げのような動作で放り投げた。

柱に激突してダメージを負いながらも、アンジーは起き上がってピラルクーに突進した。ローキックをジャンプでかわし、頭上から殴ろうとするが、腕を取られて背負い投げを食らってしまう。

空中で壁を蹴って跳び、ピラルクーの胸元にドロップキックを打ち込むと、アンジーは廊下の端にある階段へ走った。

階段を駆け登ったアンジーは踊り場で足を止めた。迂回《うかい》してきたピラルクーが上階から見下ろし、不敵な笑みを浮かべていた。互いの視線が交錯し、双方が仕掛けるタイミングを見極めようとする。

その時、予想外の攻撃がアンジーを襲った。

建物の外に出ていたエスパーダが、アンジーの後ろのガラス窓を突き破り、背中に跳び蹴りを直撃させた。不意打ちに反応が遅れたアンジーを背後から羽交い締めにして締め上げる。ここまではエスパーダの計算通りだった。

「………？」

階下から足音が近づいてきた。エスパーダの注意が逸れた瞬間、アンジーはその顔に肘鉄をぶつけて拘束を解き、一気に階段を駆け下りようとする。

いるはずのない男がそこに立っていた。

「冴羽――」

アンジーが経緯を把握できずにいると、獠は涼しい顔で言った。

「俺の話をしているのが聞こえたんでね」

「シティーハンターか……」

アンジーを追ってきたエスパーダが唾を吐き、ジャケットの両袖からナイフを取り出した。

「エスパーダ、待て！」

駆けつけたピラルクーが制止するが、すでに手遅れだった。

エスパーダは低い体勢で迫りながらナイフを大振りし、易々とかわした獠の膝蹴りを受け、後頭部を壁に打ちつけた。獠は反撃の隙も与えず、拳で手を殴って武器を落とさせ、顔と腹に容赦のないパンチを浴びせかける。

エスパーダの身体がぐらりと揺れ、空のアンプルが床に落ちた。投与したばかりの第二世代型エンジェルダストだった。

「まだそんなものを！」

「…………」

　エスパーダは虚《うつ》ろな目で獠を睨み、残りのナイフを構えて突撃した。獠が力を受け流して後方へ投げると、ガラス張りの部屋に頭から突っ込むものの、ガラスが全身に刺さった姿ですぐに立ち上がる。

　獠がさらに顔を殴りつけ、エスパーダが奥のガラスを突き破り、それを見ていた二人が同時に走り出す。ピラルクーはアンジーの蹴りをジャンプで避け、屈んでいるエスパーダの傍らに着地した。

「動画のネタにしちゃやりすぎじゃないか？」

　獠が軽口めかしてそう話しかけると、アンジーは硬い表情で答えた。

「助けなどいらない」

「俺を呼んだのは君だろ？」

「冴羽獠――お前は私が最後に倒す相手だ」

「やっと素顔を見せたな」

　獠が見透かしたように言い、アンジーが敵意のこもった目を向ける。そんなやり取りが交わされている前で、ピラルクーは撤退を指示していた。

「退くぞ、エスパーダ」

「なんでだよ？」

エスパーダは不満げだった。全身にガラスが刺さっているが、エンジェルダストの効力で痛みは感じない。しかしその足元には血溜まりが広がっていた。

「思っているより浅くない。早く手当てをするんだな」

獠が落ち着き払ってそう忠告すると、エスパーダは顔をしかめて歯を剝《む》き出し、人差し指を突きつけながら言った。

「ちっ！　覚えてろよ！」

ピラルクーがその肩を摑み、半ば強引に連れ出していく。

戦いの跡が残る廊下を歩きながら、ピラルクーはふと気になったことを尋ねた。

「覚えてろよって、なんだそれ？」

「……え？　いや、なんか、言わなきゃいけないような気がしてさ」

ピラルクーが玄関口の階段をひょいと飛び降り、真似をしたエスパーダが傷を悪化させてうずくまる。仕方なくピラルクーがそれを肩に担ぎ、荷物のように運んでいく。

路上に停めたミニクーパーの中で、香はその姿を写真に収めていた。

4

「いつから気づいていた？　ゾルティック社の屋上でやりあったのが私だと」

旧校舎の中庭を獠と並んで歩きながら、アンジーは素性がばれた犯罪者のような口ぶりで訊いた。獠は立ち止まって相好を崩し、両手の指を組んで肩をくねくねと動かした。

「う〜んとね、最初にお尻に触った時。絶妙な肉づきのもっこりヒップに包まれた見事な大殿筋が、あの時と同じ感触だったな〜って」

「はあ？」

「それと、ウエストのくびれ具合と、あとほのかないい香り！」

尻を触られたのは最初に事務所を訪ねた時だ。アンジーは呆れ顔になった。

「……は、初めから……？」

「動画制作者ってのが仮の姿だってことも、写真が３Ｄ猫なのもすぐわかっちゃったよ」

当然とばかりにそう説明し、両手を頬に当てて口角を上げる。アンジーは身じろぎして後ずさった。

「だけど、心当たりがないんだよね〜。いつ君みたいな美人の恨みを買ったのか」

「…………」

「もしかして逢ったこともないのに恨まれてる？」

「とにかく礼は言っておく」

会話を打ち切って去ろうとする。獠はすっと背筋を伸ばし、シリアスな声でゆっくりと語りかけた。

「シティーハンターを殺して名を上げたいやつなんて、掃いて捨てるほどいる。

君もその一人だというなら俺は止めない。やつらは君を殺すまで付きまとうし、やつらを倒せば次の追っ手が来る。それが裏社会の掟《おきて》だ」

「すべてこの手で倒す。そして、冴羽獠、お前も」

アンジーが己を鼓舞するようにそう言い、獠は笑顔になって提案を持ちかけた。

「ちょっと気晴らしに行かないか？」

「え？」

「君の生きてきた世界にないものが、娑婆《ここ》にはたくさんある。君は俺の依頼人だ。最後まで契約は守る」

経験したことのない感情を持て余し、アンジーは癪《しゃく》に障《さわ》ったように目を閉じた。

「――アンジーさ～ん！　大丈夫!?　無事だった!?」

旧校舎の隙間を抜けてミニクーパーが現れ、香が窓から手を振る。それを見たアンジーはいきなり獠の手首を掴み、それを自分の胸に押し当てた。

「え？」

獠が対応できずに困惑していると、アンジーは棒読み口調で言った。

「香さん、これ見て」

「…………!?」

硬直した獠がこわごわと横を向き、香は目を尖らせて怒鳴りつけた。

「おんどりゃあ〜っ!!」

5

エスパーダの傷は深かったが、治癒を待つ時間はない。二人は手近の廃工場に潜伏し、戦いに備えて応急処置を施していた。

「痛むか?」

「どうってことねえよ」

上半身に包帯を巻いたエスパーダが答えた。ピラルクーはテーブルに鋏《はさみ》を置き、壁際に立って黙考した。アンジーが素直にアダムを返さない以上、別の策を練らねばならない。

「ターゲットが増えたな」

エスパーダがどこか楽しげに言い、ペットボトルの水を口に含んだ。

「シティーハンターのことか」

「〝邪魔するやつは排除しろ〟――メイヨールの意思だ」

「例外はないからな」

ピラルクーが不本意そうに応じると、エスパーダは小さく嗤《わら》った。

「ビビッてんのか？」

「気乗りしない」

「おいおい――」

エスパーダが呆れたように首を振り、ピラルクーが言葉を継いだ。

「アノーニモのことだ」

「やらなきゃ俺たちが始末されるんだぜ。兄妹同然に育ったからか？」

「…………」

「ハッ、俺は願ったり叶《かな》ったりだ。ずっと小賢《こざか》しくて仕方がなかった」

エンジェルダストのアンプルを手で弄《もてあそ》びながら、エスパーダは憎々しげにそう吐き捨てた。

「あの女、絶対にコイツを使おうとしねえ。なのに誰よりも――」

「ミッド・イーストの時は、お前もあいつに助けられた」

ピラルクーは古い任務を引き合いに出した。紛争地でエスパーダが包囲された際、単身で敵地に乗り込み、突破口を切り拓《ひら》いたのはアンジーだった。

「俺たちは〝ウェットワークス〟――暗殺任務を専門に請け負う、メイヨールが選んだたった三人のチームだ」

自ら名乗ったわけではない。ユニオン・テオーペの精鋭として成果を残すことで、どこからともなく広まった名称だった。

「ふん」

エスパーダはふてくされたように反応した。このチーム名は嫌いではない。通り名で呼ばれることは誇りでもあった。

ピラルクーはポケットからアンプルを取り出し、かつての危機を追想しながら、エンジェルダストへの感謝を口にした。

「あそこでヘマをやった時、こいつのおかげで生き延びた。あれが最初だったな……」

「致命傷でも踊っていられるシロモノさ。文字通りのお守りってやつだ」

エスパーダが会心の笑みで言う。ピラルクーは二つのカップにインスタントコーヒーの粉を入れ、やかんの湯を注ぎ、片方をエスパーダに手渡した。

「ほら」

「あいつが好きなやつじゃねえか」

エスパーダは軽く匂いを嗅ぎ、さも不機嫌そうに眉をひそめた。

「お前も好きだろ」

ピラルクーが一口飲み、エスパーダもカップを傾けて中身を啜《すす》った。

「ふん」

「飲みすぎるなよ。傷に障る」

「だったら飲ませんなって」

6

「誤解だってば～!! リョウちゃん、なんもしてないのに～」

首都高速4号新宿線を東へ向かうミニクーパーの運転席で、獠は圧倒的に分《ぶ》の悪い弁明を繰り返していた。

「見苦しいわよ。現行犯だったでしょ？　で、あたしだけ現状がよくわかってないんだけど、説明してくれる？」

香は後部座席で腕を組んでいた。助手席のアンジーは申し訳なさそうになりゆきを見守っている。

「だからアンジーちゃんは謎の組織に命を狙われてるの。それを俺たちが守る。そういう依頼でしょ？」

「最初の依頼は猫探しだったけどね」

香がむっとして言い返した。

「連中が現れるのをただ待っていても息が詰まる」

獠は真面目ぶってそこまで言うと、目尻を下げて助手席のほうを見た。

「それに人混みのほうが安全だからデートしよう～って」

「その顔で言っても説得力なし！　アンジーさんがあんなに強いなんて聞いてないし！」

ミニクーパーで待機していた香は、アンジーと男たちの交戦をガラス越しに目撃していた。そのアクション映画のような光景は、自分の知るアンジーのイメージから乖離《かいり》したものだった。

「…………」

アンジーは無言で窓の外に目線を投げた。

「それにあの殺し屋たち、ちょっと人間離れしすぎてなかった？　いったいなんなの？」

「裏社会にはあんなのもいるってこと」

「むっ」

香は獠の後ろから手を伸ばし、耳と頬をつねって左右に引っ張った。

「ふぎゅ!! ぢょ、がおりぐん、やべだばえ……」

「なんか隠してるわね!? 言いなさいよ!」

「あぶにゃい、あぶにゃい!! 前が見えにゃい!」

香が座席にふんぞり返り、アンジーは痛そうに頬を撫でる獠の横顔を見た。自分が破り捨てた写真の右半分——少年兵の面影がそこに重なった。


芝浦からレインボーブリッジを渡り、車を駐車場に停めると、三人はお台場海浜公園へ足を向けた。

晴天の下を観光客が行き交う中、水上バス乗り場を通り過ぎ、自由の女神像のほうへ海沿いの歩道を進む。展望デッキが近づいたあたりで、アンジーの尻に獠の手が迫り、警戒していた香が指できつく捩《ねじ》り上げた。

ひとしきり獠に説教すると、香は一変して明るい表情を見せ、アンジーの手を引いて走り出した。

「あ、ちょっと待ってよ～」

遅れて気づいた獠が後を追う。三人は商業施設のビルに入り、香の先導でフードコートに席を取った。

「…………？」

アンジーは怪訝《けげん》そうにアイスクリームを見つめ、握ったスプーンでぎこちなく切り崩していた。香はそれをスマートフォンで撮影している。アンジーは手を振って止めようとするが、香は笑って耳を貸さない。素性を偽って自分たちを被写体にしたアンジーへのちょっとした仕返しだった。

獠が両手と頭上にラーメンのトレイを載せてテーブルに戻り、三人の前に並べて置いた。箸の持ち方がわからずに苦戦していたアンジーは、良い案が浮かんだとばかりに麺を箸に巻きつけ、パスタのように口に運ぶ。獠と香は顔を見合わせて苦笑した。

三人は海側のデッキに出ると、自由の女神像が見えるほうへ移動した。デッキの端に「ＬＯＶＥ」の四文字を象《かたど》ったカラフルなオブジェがある。「Ｏ」の部分は電飾を組み込んだ赤いハートになっていた。

香とアンジーがその前でポーズを取り、獠がスマートフォンで写真を撮る。傍《はた》目《め》には友人たちの撮影会にしか見えない、いかにも他愛のない情景だった。

獠が香にスマートフォンを渡し、アンジーの隣に走っていく。香が撮影ポイントまで歩いて振り向くと、そこには無人のオブジェだけが残されていた。

「あんにゃろ〜!!」

目を血走らせて駆けずり回った香は、パレットタウンの観覧車にアンジーを押し込もうとする獠を張り倒し、アンジーと二人で空の散歩を楽しんだ。

その頃、エスパーダは駐車場のミニクーパーを探し当てていた。あたりを窺いながら幌《ほろ》の隅にピン型盗聴器を刺し、さりげない足取りで離れていく。この盗聴器には何度も世話になった。走行中の車内からも音を拾える優れものだ。

路上に停めた小型車に戻ると、ピラルクーが運転席で背中を丸め、フォークを使ってカップラーメンを食べていた。

「――ったく、あいつら楽しそうにやりやがって」

エスパーダは助手席に座ってドアを閉めた。

「人混みに紛れるのは定石だ。伸びちまうぞ」

ピラルクーが麺を咀嚼《そしゃく》しながら言い、顎をしゃくって後ろを指した。エスパーダは嬉しげに身をよじり、後部座席のカップラーメンに手を伸ばす。戻ってくる時間を見越して湯を注いだらしく、ちょうど出来上がったところだった。

「――まだ動きはないな」

先に食べ終えたピラルクーがスマートフォンを操り、ＧＰＳの信号を確認した。アンジーはお台場から出ていないようだ。

「せっかく日本に来たんだから、寿司くらい食わせろよ」

エスパーダが麺を啜りながら不平を口にした。ピラルクーはそちらを見ようともせずに聞き流す。

「仕事が終わったらな」

「腹ごしらえがしてえって言ってんの」

「してるだろ」

「うめえけどさ」

エスパーダはスープを飲み干して唇を舐めた。ピラルクーはハンドルを指で軽く叩き、雑談めいた口調で言った。

「日本といえば、日本車ってのは古いクルマでも燃費がいいよな」

「日本のモノは古いほどいいってメイヨールが言ってた。しっかし狭えな。お前と二人じゃ息が詰まるぜ」

「お互いさまだよ。なんか付いてるぞ」

ピラルクーは指を伸ばし、エスパーダの頬に貼りついたナルトを抓《つま》み取った。

7

アンジーはいつの間にか姿を消していた。獠と香はビルの隙間から差す夕日を正面に浴び、シンボルプロムナード公園の出会い橋を西へ進んでいた。

前を歩いていた獠が足を止める。香はふと不穏な予感を覚えた。

「……獠？」

「この間の助っ人仕事、もっこり三姉妹の美術品集めというのは嘘だ」

獠は眉間に皺《しわ》を寄せて遠くを見やり、香のほうへ向き直った。

「赤いペガサスの企みを阻止しようとしたんだが――」

「赤いペガサス……。兄貴の――」

香は無意識に目を伏せた。兄である槇村秀幸の命を奪った組織。隠しごとの気配は察していたが、それが自分を気遣うものだとは考えていなかった。

痛みがないと言えば嘘になる。それでも今の自分には乗り越えられる。七割の感謝と三割の不満を抱きながら、香は努めて平静に応じた。

「馬鹿。その名前を聞いたからって、あたしが動揺するとでも思った？」

「だが、聞きたい名前じゃないだろう？」

「平気よ」

「そうか」

獠が再び歩き出し、香は最も知りたかったことを尋ねた。

「それで？　アンジーさんと戦うの？　そういうことなんでしょ？」

「ああ。赤いペガサスの上位組織の手に渡ろうとしていたテクノロジーを、その組織の一員である彼女が持ち去った」

「なんのために？」

獠はその質問には答えず、遠い空を眺めて重々しく言った。

「あれは、人間を人間でなくしてしまうものだ」


アンジーは厳しい顔でダイバーシティのショップ街を歩いていた。

初めて見る商品に好奇心を惹かれるものの、買い物を楽しむ余裕はない。一人になったのは考えを整理するためだ。アンジーは足早に歩を進め、立ち並ぶショップを次々に通り過ぎた。

「………？」

ふと立ち止まり、ランジェリーショップに足を踏み入れる。店内をぐるりと見回すと、整然と並んだ棚にインナーウェアがびっしりと陳列されていた。中には猿に薦められたタイプのものもある。アンジーはその一つに手を伸ばした。

数分後、休憩用のソファーに座っていたアンジーは、女の子の泣き声に顔を上げた。小学校低学年ほどの女児がエスカレーターの前に立ち、両手で涙を拭きながら母親を探している。

哀れみを誘う声を耳にしながら、アンジーは運命の日を思い出していた。

＊　＊

国軍の幹部を務める父親のもとには、軍に繋がった人々が頻繁に訪れていた。蜂起《ほうき》した革命軍の動きが活発化し、着実に勢力を増していた。それを殲滅《せんめつ》するための集会が主な目的だった。

戦闘服姿の傭兵たちが急襲したのは、具体的な戦闘計画が議論されていた夜のことだ。武器を携えて応戦する時間もなく、列席者たちはものの数秒で射殺体と化した。

死体の群れに興味も示さず、即座に撤収しようとした傭兵たちは、戸棚の奥の物音にはっと向き直った。

「――――!?」

リーダー格の男が反射的に構えると、ウサギの縫いぐるみを抱きかかえ、怯える目に涙を浮かべた少女が身を縮めていた。男は値踏みするように目を細め、硬い表情で銃口を下げた。

*　　*

海浜公園から突き出した船着き場の先端部で、鴇色《とき》に染まる空をぼんやりと眺めながら、獠は連絡を待ち続けていた。

ほどなくスマートフォンが着信し、冴子の声が現状を伝えてきた。

「香さんが送ってくれた写真と、入国時の映像が照合できたわ。入管庁で記録を確認中よ」

東京国際空港の到着ロビーの監視カメラは、エスパーダとピラルクーが合流する場面を捉えていた。名前や身元が偽造だとしても、有益な情報を得られる可能性は高そうだ。

「抜け道は海しかないいな」

「この一件、自分の手で解決したかったけど……どっぷり関わらせてしまったわね」

赤いペガサスの関与を知ったことで、冴子は普段以上の熱意と使命感を抱いている。獠を巻き込む予定はなかったはずだ。

「誰かがそう仕向けているのなら乗るしかない。だが、思い通りの結末にはさせない」

獠が電話を切るのと同時に、背後で銃を構える音がした。古くから耳に馴染んでいる音。相手を確かめる必要もなかった。

「追っ手の撃退に利用してからでも、遅くないと思うが」

「これ以上馴れ合いはしない。こんなつもりではなかった」

猿は少しだけ首を回し、横目でアンジーの手元の銃を見た。

「君にそのパイソンは重たすぎるんじゃないか？」

「私はこの銃でお前を倒さなければならない。最高傑作であることを証明するために」

「―――!?」

決定的な一言だった。猿は突然険しい顔になった。

「それは誰にとっての最高なのかな？」

「海原神《かいばらしん》――私の〝父〟だ。お前にとっての〝父〟でもある」

アンジーが銃を下ろし、猿は眉を逆立たせた。

「俺に言わせれば、君は今のままですでに最高の女性だ」

「私には父からもらった名前がない。だから――」

「だからアノーニモ――〝名無し〟か」

「周りはそう呼ぶ」

アンジーは淡々とそう答えた。メイヨールは部下に名前を付けない。エスパーダやピラルクーは魚の名を由来とするコードネームであり、組織の誰かが命名したものだ。自分はメイヨール以外からの命名を拒み、結果的に名無しになった。それで構わなかったのだ。冴羽獠の存在を知るまでは。

アンジーはピンクの包装紙とリボンが巻かれた箱を取り出し、獠の背中に押しつけた。獠はゆっくりと振り向いた。

「なんだい、これ」

「世話になった礼だ。冴羽はそういうのが好きなんだろう？」

その場で包みを解く。中に入っていたのは、以前に獠が見繕ったものに似たデザインの赤いブラジャーだった。

「へ？」

「可愛いものだな。考えたこともなかったし、知らなかった」

獠がブラジャーを持ち上げてみると、その下に金属製の四角いケースが隠されていた。「ＡＤＭ」の文字が目に入る。アンジーがゾルティック社から奪ったエンジェルダスト・改――アダムだった。

「それは香さんに着けてもらえ。そしてもっこりするがいい」

アンジーがそう告げた瞬間、名前を呼ばれて答えるかのように、香が柵を跳び越えて走ってきた。

「どうして獠を殺したいの!? 獠！ あなたやっぱり彼女と前に逢ってたんじゃ――」

頭では理解していたものの、銃を構えるアンジーの姿は衝撃的だった。依頼人を装って懐に潜り込み、殺害の機会を窺っていたと考えるしかない。しかしこの光景を見てもなお、香はそう確信することができなかった。

「逢ったことはない。ただ……同じ男を知っている」

「えっ？」

「次はお前も抜け、冴羽獠」

アンジーは背を向けて去ろうとする。その後ろで獠のシリアス顔が溶けるように崩れ、だらしのない表情に変容した。

「わかってないなァ～」

「………？」

「ボクちん、アンジーちゃんが身に着けたやつが好きなのだ～!!」

獠が身の丈よりも高く飛び、アンジーの背中に飛びかかった。

「一番シリアスなくだりじゃろが～!!」

香のドロップキックを食らった獠が海に落ち、本能的に後ずさったアンジーが船着き場の縁に踵を引っかけた。後ろ向きの上半身が海面に突き出され、腕を振り回して踏み留まろうとする。獠が全速力で泳いで栈橋に戻り、間一髪で上から手を差し伸べた。

「……あっ！」

アンジーがその手を引いて栈橋に立ち、代わりに獠が再び海に落ちた。

「ひでえよアンジーちゃん!!」

獠が海面から頭を出し、アンジーは思わず吹き出した。

水面下から栈橋に近づいた獠は、腕を潜望鏡のように突き出してアンジーの脚を掴み、強引に海へ引き込んだ。アンジーは飛沫《しぶき》を立てて沈み、すぐに浮き上がって息を吸い、桟橋にしがみつく獠の肩を押さえつける。そこには悪戯っ子の笑顔があった。

「あはははは!!」

「…………」

呆れて見ている香の頭上から、赤いブラジャーがひらひらと降ってくる。香はそれを手に取って目を見張った。

「——でかっ!!」

8

ずぶ濡れで帰るわけにもいかず、三人は温泉施設に立ち寄った。

ランドリー室で獠とアンジーの服を乾かしながら、香はキッチンでのやりとりを思い出していた。

「彼女のあの言葉、本気だったなんて」

事情はまったくわからないが、共通の知人が原因だとすれば、そこに解決の糸口があるかもしれない。しかし二人の深刻そうな様子を見るに、獠に聞いても教えてはくれないだろう。

そこまで考えたところで、自分たちが今どこにいるのかを思い出した。

「嫌な予感……」

ちょうどその頃、女子脱衣所の壁の外側では、腰にタオルを巻いた獠が手動ドリルのハンドルを回していた。

ほどなく穴が貫通し、うっすらと白い光が漏れる。獠は壁に手をついて額を寄せ、にやけ顔で穴に目を近づけた。

「――器物損壊やめぃッ!!」

香が後頭部めがけて掌底を放ち、獠の顔が壁に激突した。

そんな騒ぎが起きている間に、アンジーは予備の服に着替えてお台場を去っていた。そのことを知らない香は、乾いた服を抱えて施設内を捜しながら、漠然とした不安を募らせていた。

ビル街の明かりに照らされた首都高速都心環状線を、冴子の赤いポルシェ911ターボ・クレマーが疾駆している。前方の車を次々に追い越しながら、冴子はハンズフリーのスマートフォンで獠に電話をかけた。

「東京湾海上交通センターのシステムがハッキングされたわ。ユニオン・テオーペの船を入港させて、アダムの受け渡しをするつもりよ」

船舶の出入りは厳密に定められている。その管理システムを混乱させ、犯罪組織の船で取引を行う――それが敵の狙いだろう。冴子は続けて空港からの情報を口にした。

「入国が確認できたのは三人。一人は女性。おそらく裏の世界でウェットワークスと呼ばれている暗殺チーム。これまでに推定で数十人の要人を殺害している」

ユニオン・テオーペの中枢の一角を成す暗殺者たち。容易ならざる敵であることは冴子も理解していた。

「アダムを必ず押さえましょう。物証が欲しいの」

「ああ、わかった」

獠がそう答えて電話を切った。冴子はアクセルを踏みしめて川崎港へ急ぐ。ヘッドライトに照らされた路面に、同僚だった頃の槇村が見えた気がした。

＊　　　＊

「いい加減にしなさいッ！　証拠は揃ってるのよ！」

「証拠だ？　オネーサンが違法捜査で掴んだもんが証拠になんのかよ？」

モヒカン頭の男が取調室のデスクに脚を載せ、小馬鹿にするように言った。

「なんなのその態度ッ！」

煽られていると知りながらも、頭に昇る血を抑えられない。冴子がデスクを叩いて身を乗り出した瞬間、ドアが開いて槇村が入ってきた。

「ちょっと代わろうか」

「でも……」

冴子が不満げに顔を曇らせ、槇村はその肩をぽんと叩いた。

取り調べは不調に終わり、二人は警視庁の屋上に移動した。滅多に人が訪れないそこは、本心で語り合うための避難所でもあった。

「急ぎすぎたな。やり方も少々粗い」

槇村が軽くたしなめるように言い、冴子は即座に反論した。

「仕方ないでしょう。馬鹿正直にやっていたら、埒が明かないんだもの」

「警察組織と法の無力さ、限界は別の方法で克服すればいい」

「え？」

「目の前の犯罪だけじゃなく、君はその背景にまでしっかり目を向けている。だからこそ現状がもどかしかった」

その通りだった。一人を捕えても解決にならない。巨悪を根絶やしにするには強引な捜査もやむを得ない。そんな冴子の懊悩《おうのう》を察したうえで、槇村はその一歩先を見つめていた。

「組織の中にいるからやれること、そいつを俺たちは最大限に活かすのさ」

「秀幸……」

二人は多くの捜査で成果を上げていくが、槇村はほどなく辞職し、獠の相棒として組織の外で能力を活かすことになる。香を残して世を去るのはその数年後のことだった。

第三章　ウェットワークス

1

東京湾を目指す大型クルーズ船の一画に、資産家の邸宅を思わせる内装と高い天井を持ち、三方の壁に大量のモニターが立ち並ぶ部屋があった。

すべてのモニターを一望できる場所にソファーとサイドテーブルが置かれている。薄紫のスカーフを首に巻いたその男は、ソファーに腰を沈めて脚を組み、物思いに耽《ふけ》りながら前方を見つめていた。

　アンジーは東京モノレール羽田空港線のドアの前に立ち、ガラスに映る自分の顔と工場地帯の夜景をぼんやりと眺めていた。目的地まであと数十分。そこであの二人と決着を付けねばならない。

　背後からいきなり男の手が伸び、掌をドアに押しつけた。アンジーがそちらを見ると、痩せぎすの優男《やさおとこ》がへらへらと笑みを浮かべている。年齢は二十代だろう。いかにも軽薄そうないでたちだった。

「君、セクシーすぎるね!!　今なにしちゃってんの？」

　男はドアから手を離し、しきりに身振りを交えながら詰め寄った。

「ちょっと時間ある？　遊びに行かない？　なんなら次で降りちゃう？」

「…………？」

　男が反応の鈍さに首を傾げていると、アンジーは抑揚のない声で問いかけた。

「お前も、私にもっこりなのか？」

「────!?」

　男はあっけに取られた顔になった後、目尻を下げてほくそ笑んだ。

「おっと～、話が早い！」

喜々として肩に右手を回そうとする。アンジーがその肘を左手で摑み、男は動けなくなって小さく呻《うめ》いた。

「うっ……」

アンジーは左手を固定したまま、右手を男の太腿に近づける。男が戸惑いながら目線を下げ、アンジーはさらに腰と胸元に軽く触れた。

「え、本当に!?」

期待を膨らませた男が腑抜《ふぬ》けた声を出し、だらしなく鼻の下を伸ばす。筋肉量を見ていたアンジーは肩をすくめて首を振った。

「鍛えかたが足りない。やめておけ」

駐車場のミニクーパーに乗り込んだ直後、獠のスマートフォンが着信した。

「――アンジーさんは川崎方面へ向かっているわ」

愛の声がそう言った。来生三姉妹を乗せたヘリコプターは、モノレールを追って北西へ進路を取っていた。海坊主の要望に背くことになるが、もはやそんな余裕はない。今は情報共有が最優先だった。

「はいはい了解！　行くぞ、香」

「オッケー」

獠が車を出す。しばらく走った後、香は後部座席に目をやった。

「ねえ獠、ブラジャーの箱に入ってるケースみたいなの、あれって――」

「彼女の意思表示だ。〝自分には必要ない。しばらく預ける〟と」

「それじゃあ、この中にアダムが？　でもそんな大事な物をどうして獠に？」

「一人で決着を付けるつもりさ」

獠が後方の天井をちらりと見る。幌の端にピン型盗聴器が刺さっていた。

町外れの廃工場に停めた小型車の中で、ピラルクーとエスパーダはその会話に耳をそばだてていた。

盗聴器の性能は優秀だった。ＧＰＳで位置情報も捕捉できる。二人は顔を見合わせて車を降り、手持ちの武器を確かめた。豊富かつ周到な装備はウェットワークスの強みの一つだった。

「――ヒャッホゥ！」

大型装甲車が廃工場の扉を押し開けて飛び出した。無骨に強化された車体に六つのタイヤを履かせたそれは、急旋回して速度を上げ、首都高の明かりのほうへ進んでいく。ピラルクーが運転席に座り、エスパーダは助手席で長い手足を伸ばしていた。

「やっぱクルマはこれぐらい広くねえとな！」

エスパーダは清々したように声を上げた。アンプルを起動させて太腿に刺すと、視界の外縁がぐらりと揺らぎ、ざわつくような高揚感が押し寄せてくる。

同時刻、海坊主と美樹はランドクルーザーで湾岸を目指していた。

「アンジーさん、一人で追っ手をおびき寄せるつもりかしら」

「ああ。内輪の戦いに獠と香を巻き込むまいとしているんだろう」

ウェットワークスの噂《うわさ》は聞いたことがある。ユニオン・テオーペの精鋭同士の戦いがただですむはずがない。

「きっときりがないわ」

「戦いから逃れることはできない。生き延びている限り、過去は追いかけてくる」

海坊主はかつての戦友たちを思い出していた。一度狙われた者に安息は訪れない。敵を退けても新たな刺客がやってくるだけだ。

「決して逃れられない。あんなものさえなければ――」

美樹が目を伏せて哀しげに呟き、海坊主が誓うように言った。

「エンジェルダストの再来――アダムとやらは持ち帰らせん」

2

ミニクーパーは首都高速1号羽田線を南下していた。

「――なに、あれ？」

バックミラーに映る威容を目にして、香はとっさに振り返った。

「来るぞ、香！」

装甲車が速度を上げてミニクーパーに並び、強引な幅寄せで車体をぶつけてくる。香は猛烈に揺さぶられながら、窓越しに装甲車の運転席を睨みつけた。

「やったわねッ！」

二度目の攻撃が入った。側壁にこすられたミニクーパーが火花を放ち、金属の軋《きし》みが響く。エスパーダがミニクーパーの屋根に飛び移り、天板がぼこりと音を立てて凹《へこ》んだ。

「―――!?」

エスパーダは屋根から運転席を覗き、素手でガラスを割って上半身を突っ込み、長い腕でナイフを振り回す。獠はそれを払いのけ、顔面に肘鉄を食らわせた。

「うっ！」

相手が怯《ひる》んだタイミングを狙い、獠はブレーキを踏みつけた。ミニクーパーが装甲車の後ろに下がり、香がシートベルトにもたれかかる。エスパーダが屋根からボンネットに転げ落ち、すぐさま死角に身を隠した。

「………」

しばし呆然《ぼうぜん》としていた香は、はっとして後部座席を見た。箱がまだあることに安心した直後、エスパーダが窓を割って上半身を差し込んでくる。

「ヒャッホゥ!!」

香はとっさにその腕に噛みついた。

「ぐあ!」

香は後部座席に移動して箱を抱え、エスパーダを足で押しのけようとした。エスパーダが乱暴に腕を振り、ブラジャーとケースが床に落ちる。獠は車を蛇行させるものの、相手を振り落とすことはできなかった。

「えいッ!!」

香はエスパーダの顔にブラジャーを押しつけた。エスパーダはそれを乱暴にむしり取り、全身から強い殺意を放つ。香が暗殺者の気迫に怯んだ瞬間、エスパーダはケースをさっと拾い上げた。

「いただいていくぜ！」

エスパーダがミニクーパーの屋根に登り、ジャンプして装甲車に引き返すと、装甲車は攻撃を再開した。ミニクーパーは側壁に押しつけられるたびに激しく縦に揺れ、ほどなく側壁を乗り越えて宙に投げ出される。

車体はバランスを崩しながら落下し、ジャンクションの手前の一般道路に辛《かろ》うじて軟着陸した。二人は身を固くして衝撃を受け止め、獠がカウンターを当ててスライドブレーキで車を停める。

「死ぬかと思った」

助手席の香がぐったりして言った。


エスパーダは装甲車のサイドシートに戻り、上機嫌でケースを弄んでいた。

「一丁あがりだ」

「慎重に扱えよ。今俺たちが使ってるものとは段違いの力を得られる。エンジェルダストが本来持っていた力だ」

ピラルクーはそう念を押し、以前に聞いた話を口にした。

「実戦投入に選ばれた者たちは皆耐えきれずに死んだ。ただ一人を除いては……。

それが、メイヨールが〝冴羽獠〟と名付けた少年兵だ」

そこでちらりと横を見て、予想外の行動に思わず二度見する。

「――っておい！　なにやってんだ！」

エスパーダは勝手にケースを開け、アンプルの一つを取り出していた。

「いや、ちょっと使ってみようかなって」

「馬鹿！　持ち帰るのが任務だぞ」

ピラルクーが叱責して手を伸ばす。エスパーダは悪ガキのように唇を尖らせ、
ケースを隠すような素振りを見せた。

「一つくらいはいいだろ。今、俺、シティーハンターに勝ったし」

問答無用とばかりにケースを奪ったピラルクーは、それを片手に持ったまま、
ハンドルを切って車線を変えた。

「受け渡しには俺が行く。お前はアノーニモを始末しろ」

「いいんだな?」

不機嫌そうに腕を組んでいたエスパーダが、真意を探るようにそう尋ねた。

「どういう意味だ?」

「気乗りしねえって言ってたろ。顔にもそう書いてあるぜ」

「……………」

一瞬の沈黙の後、ピラルクーは厳かに答えた。

「メイヨールの意思に従う」

3

視界の隅に違和感があった。

ピラルクーはサイドミラーに目をやり、猛追してくるランドクルーザーを視認した。運転席には黒いサングラスをかけた禿《は》げ頭の巨漢がいる。見間違いようのない特徴的な風貌だった。

「シティーハンターの仲間だ」

「ちょっくら始末してくるわ」

エスパーダは座席の後ろに移動し、天井の丸いハッチを開き、マシンガンの台座を屋根に据えつけた。

「〝ファルコン〟か。面白え！」

超一流の元傭兵と戦うことは、戦闘狂にとってまたとないご馳走《ちそう》でもある。エスパーダはハッチから上半身を出し、照準を定めてトリガーを絞った。

「フンッ!!」

海坊主はハンドルを回して掃射をかわした。アクセルを踏んで装甲車に追いつき、並走しながら車体をぶつけていく。

「ぬう!!」

互いに相手を押しのけるように、二つの車体はしばらく激突を繰り返した。

ランドクルーザーのハッチが開き、美樹が銃を二発撃った。運転席のウィンドウに弾痕が刻まれる。一瞬気を取られたピラルクーが正面に向き直ると、前方の道路がY字に分岐していた。

ランドクルーザーが装甲車の右横にぴたりと張りつき、ピラルクーはやむなくハンドルを左に切った。

「ちッ!!」

ピラルクーは右の道へ遠ざかるランドクルーザーを見やって舌打ちをした。

道沿いに進んだカーブの先に、警察の警戒検問が敷かれていた。二台の装甲車で進路を塞《ふさ》ぎ、周りを警察官たちが固めている。スーツ姿の女が陣頭で指揮を執り、その傍らで中年男が周囲を警戒していた。

「誘導された」

ピラルクーが舌打ちをしてそう呟くと、エスパーダはハッチを閉じ、挨拶《あいさつ》を交わすように軽く言った。

「じゃあ後でな」

「油断するなよ」

「チョロいもんさ」

ピラルクーがアクセルを踏んだ。異変を察した警察官たちがざわめき、大慌てで持ち場から逃げていく。二人の装甲車はバリケードの警察車両をはじき飛ばして急旋回し、リアバンパーを側壁にぶつけて停止した。

冴子と下山田が急いで駆け寄ると、後部のゲートが大きく開き、エスパーダの駆るオフロードバイクが飛び出した。

「ヒャッハァ!!」

「――――!?」

警察官たちが反応するよりも早く、バイクは側壁を乗り越え、高速道路の下を横切るモノレールの軌道桁に降り立った。

後ろから迫っていたモノレールが警報を鳴らして緊急停止し、エスパーダはそれを尻目に走り去る。ピラルクーはその騒ぎに乗じて装甲車のハッチから脱出していた。

「ふん、大したことないやつらだな。次の作戦に行くぞ！　で、野上刑事、どうすればいいんだ？」

下山田はモノレールの軌道桁を覗き込み、他力本願のセリフを威勢良く口にすると、冴子がいないことに気づいてあたりを見回した。

「……野上刑事？」

モノレールの車内に臨時運休のアナウンスが流れ、他の乗客たちと一緒に途中の駅で下ろされたアンジーは、スマートフォンで近辺の地図を調べていた。

数百メートルの距離に船着き場を見つけ、徒歩でそこに辿り着くと、一艘《そう》のモーターボートが停泊していた。帽子を被ったオーナーらしき男が船内をチェックしている。

「いい船ね」

アンジーがそう話しかけると、男は自慢のボートを親指で示し、いかにも気さくそうに応じた。

「乗るかい？」

アンジーは無言でデッキに足を踏み入れた。男は下心丸出しの顔になり、そそくさと係船柱に駆け寄ってロープを外す。その後ろでエンジンの音が響いた。

「……あれ？」

男が慌てて振り返ると、アンジーがボートを発進させようとしていた。鍵は操舵席のパネルに挿しっ放しになっていた。

「――って、おーいっ！」

急いで追いかけようとするが、ボートは弾むように船着き場を離れ、猛スピードで南へと突き進んでいく。

「ちょっと待って!!　俺の船――」

男は跳ねながら必死に叫ぶものの、その声が届くことはなかった。

モノレールの軌道桁の幅は約九十センチ。曲芸めいたバランスを保ちながら、エスパーダのバイクはその上を快調に疾走していた。

海坊主は冴子の連絡を受けて首都高速1号羽田線に戻り、軌道桁と並走するルートを直進し、猛然とエスパーダを追い上げていた。

ランドクルーザーがバイクの真横に並び、助手席の窓から美樹がグレネードランチャーを放つ。擲弾《てきだん》の直撃を受けて軌道桁が大破するが、エスパーダはジャンプで軽やかに回避し、そのまま悠然と走り続けた。

「――――!?」

二発目を撃とうとする美樹の視界を、運転休止の影響で停まったモノレールの車両が遮った。そのせいで反対側のエスパーダの居場所を捉えられない。

ようやく障害物を通り過ぎた時、軌道桁は大きなカーブを描き、高速道路とは別の方向に進んでいた。

「逃したわ」

美樹が遠ざかる標的を悔しげに見やり、海坊主は動じることなく答えた。

「大丈夫だ」

4

ピラルクーは首都高速湾岸線に沿って南下し、東京貨物ターミナル駅の車両基地に侵入していた。

通りかかった運転士からブレーキハンドルを奪い、手近な貨物列車の運転席に乗り込んでロックを解除する。大蛇のように連なる円筒形のタンクコンテナを牽《ひ》きながら、線路を滑るように列車が動き出した。

「――逃がさんッ！」

コンテナの後ろにミニクーパーが現れた。運転席で噛みつかんばかりに列車を睨む香には、足場を気にする余裕などなかった。

「香ちゃん！　ここ線路の上!!」

獠の警告に耳を貸さず、香はシフトを下げてアクセルを踏みつける。

「ぐふ！　うわあああっ！」

ミニクーパーはその名の通りに小さいがトルクは太い。一直線に列車を追い、がたがたと揺れながら線路を踏み越えて距離を詰め、たちまちコンテナの最後尾に食い下がる。その先には海底トンネルの入口が広がっていた。

「逃がすかああッ!!」

エスパーダは軌道桁が地下へ潜る手前で地上に降り、バイクとヘルメットを捨て、多摩川に浮かぶクレーン船の甲板に向かった。クレーンの急斜面を駆け登り、勢いを付けて先端から対岸へジャンプし、川崎市に足を踏み入れる。目的地まではあと少しだった。

欄干が白く塗られた跨線橋《こせんきょう》で待機していると、ほどなく貨物列車が近づいてくる。エスパーダはそのタンクコンテナの上に飛び降りた。

「いた!　絶対に逃がさない!」

香が目を血走らせて怒声を上げ、獠は呆れたようにそれを傍観していた。

エスパーダがにやりと笑い、振り向いてナイフ型爆弾を二つ投げた。ミニクーパーが蛇行して爆発を避け、そのたびに線路を踏み越えて大きく揺れる。

「危ないじゃないのーっ！」

窓から身を乗り出した香が拳を突き上げ、獠が運転席に戻そうと袖を引っ張りながら宥めるように言った。

「危ないのはお前のほうだ。落ち着け、香」

「これが落ち着いていられるかっつうの!!」

「これ以上は危険だ」

列車は川崎貨物駅に入ろうとしていた。この先では線路が分岐し、複数の貨物列車が待機している。香はハンドルを左に切った。

「えーい、別ルートだ！」

列車は遮断桿《かん》の上がった踏切を越え、運河を渡って工場地帯に入った。化学工場の構内線に進路を取り、複雑に曲がったパイプや原料タンクの前を進む。赤と青のライトが明滅を繰り返し、周囲に独特の雰囲気を醸《かも》していた。

エスパーダはコンテナから鉄骨の足場に飛び移り、高所の大型タンクに立つアンジーを見上げた。

「やっとお前と殺《や》り合えるぜ、アノーニモ」

「私はいつでも受けて立つ」

「上等じゃねえか」

アンジーがコートを脱ぎ捨ててプロテクター姿になる。エスパーダは階段の手すりを踏んで大きく跳んだ。

壁や柱を経由しながらパルクールの動きで上昇し、柵を蹴ってアンジーの前に飛び込み、両手のナイフで斬りかかる。アンジーは後ろに飛んで攻撃をかわし、側転からのジャンプで中段に降り、受け身を取って立ち上がった。

エスパーダはすかさずナイフ型爆弾を投げ、爆炎に包まれたアンジーが下段のタンクの上に落ちた。

「ハーッ!!」

アンジーは迫ってくる相手との間合いを計り、倒立からの蹴りを顔面に当て、その隙に階段を駆け登った。エスパーダが血を吐いて身を翻《ひるがえ》し、パイプめがけてナイフ型爆弾を投げる。爆風を食らったアンジーは柵にぶつかりながら落ち、地面に激しく叩きつけられた。

エスパーダが飛び降りてアンジーにのしかかり、二人の顔が向き合う。エスパーダは右手にナイフを振りかぶると、目を細めて忌々《いまいま》しげに呟いた。

「……気乗りしねえ……か」


ミニクーパーが中型タンクの前に停まり、獠と香が姿を見せた。

割れたパイプから薬品臭が漏《も》れ、床に金属片が散らばっている。香は必死の形相であたりを見回し、アンジーにナイフをかざすエスパーダを発見した。

「アンジーさん！」

香がそう叫ぶと同時に、ランドクルーザーが工場に走り込み、バズーカを抱えた海坊主と美樹が車を降りた。

「また二手に分かれたか」

海坊主がすぐに状況を把握し、獠はすかさず指示を出した。

「もう一人は港に向かっているはずだ。そいつを追ってくれ」

「わかった」

海坊主が車に戻ろうとすると、香がいきなりバズーカを奪い取った。

「貸して！」

「お、おい！」

戸惑う海坊主には目もくれず、香はエスパーダに砲身を向けた。

「許さーんッ!!」

「おい待て、アンジーちゃんに当たったら危な――」

獠の制止を聞こうともせず、香はバズーカを発射した。風圧で髪が後ろになびき、倒れかけた身体を獠が支える。砲弾は明後日《あさって》の方向――斜め上に突き進み、直立する巨大なパイプに命中した。

アンジーとエスパーダがパイプを仰ぎ見た。大破した箇所から火が噴き出し、その上部が頼りなげに揺れている。アンジーは地面に手をついて跳び、素早く走って距離を取った。

エスパーダが逃げようとした矢先、パイプの上半分が完全に折れ、周囲を巻き込んで落下した。無数のパイプやチューブがばら撒《ま》かれ、粉塵がエスパーダの視界を奪い、割れた足場がその背中を直撃する。

うつぶせに倒れたエスパーダが顔を上げると、アンジーが見下ろしていた。エスパーダは飛び起きてナイフを抜き、右手で構えて突進する。アンジーはその手首をすかさず握って折り、取り落とされたナイフを空中で逆手に摑み、流れるような所作でエスパーダの胸に突き立てた。

「うっ!!」

アンジーはナイフをさらに深く押し込み、身体を半回転させてエスパーダを切り裂《さ》いた。

「…………」

タンクに背中を預けて座り込んだエスパーダは、傍らに立つアンジーを見上げ、自嘲気味に唇を歪めた。

「まあ、こんなもんか……」

数々の要人を殺してきた。メイヨールの〝息子〟として任務で死ぬことは承知のうえだが、できれば納得のいく最期を迎えたいと思っていた。名も知らぬ有象無象ではなく、凄腕の仲間である〝妹〟に葬られることに、エスパーダは奇妙な清々しさを覚えていた。

「なんでだ……。家族を殺した男に、そうまでして」

国軍派の集会を強襲し、列席者を皆殺しにした傭兵たち。それを率いていたのがメイヨールだ。アンジーの彼への心酔はもはや信仰といっていい。そのことに対する違和感こそが、アンジーに苛立つ理由だとエスパーダも自覚していた。

「私の家族はあの方だけだ」

「フッ、やっぱ馬鹿だぜ……アノーニモ……」

エスパーダは嘲るように嗤い、がくりと首をうなだれた。

アンジーは短く瞑目《めいもく》した後、戦いを見届けた猿と視線を交わし、毅然とした足取りでその場を去った。

5

東京湾に築かれた人工島・東扇島。その西側に位置する川崎港コンテナターミナルは、林立する灯火を浴びてオレンジに染まっていた。

積み上げられたコンテナの陰にランドクルーザーが停まり、海坊主と美樹が降り立った。岩壁にそびえ立つガントリークレーンの周辺には、黒い帽子と戦闘服に身を包み、腰に銃を携えた男たちが配置されている。

「ここはもう赤いペガサスに占拠されているようだ。冴子に連絡を頼む」

海坊主はマシンガンを持って走り、コンテナの隙間に駆け込んだ。立体迷路のような空間を進み、後方の男を振り向きざまに撃つ。これで赤いペガサスは侵入者に気づいたはずだった。

「――――!!」

殺気を感じた海坊主がコンテナの陰に飛び込み、後を追って銃弾が降り注ぐ。

前転して体勢を立て直すと、コンテナの上にピラルクーの姿があった。

ピラルクーはガントリークレーンに向かって跳躍し、吊り下げられたコンテナによじ登った。

にわかに騒がしくなったターミナルにミニクーパーが突入し、銃を持った男たちを追い散らして停車した。

「香、援護を頼む」

「これで?」

獠はバズーカを託して岸壁のほうへ走っていく。香が躊躇《ちゅうちょ》しながら見やると、コンテナの隙間から男たちがぞろぞろと現れた。

「獠!!」

香が狙いを定めてバズーカを放つ。反動で身体がのけぞり、高い角度で撃ち出された砲弾がコンテナの山の一角を削り取った。

「あ……」

バランスを失ったコンテナが積木のように崩れ、男たちは散り散りに逃げていく。香はそれを呆然と眺めていた。

ピラルクーはガントリークレーンの先端に立ち、港に入ろうとするクルーズ船と向き合った。想定外の事態はあったものの、アンプルは無事に回収した。しかしまだ任務は残っている。裏切り者を始末せねばならない。

「——返してもらおうか」

背後から足音が近づき、ピラルクーは振り返って男の名を口にした。

「冴羽獠……」

ユニオン・テオーペの人間にとって、その名には特別な意味があった。

「お前の間違いは、メイヨールにとって最高の戦士になったこと、そしてあの方のもとを去ったこと……!!」

直接の戦いは避けたかったが、もはや選択の余地はない。この男がすべてを狂わせた。ここで元凶を滅ぼすのだ。

「メイヨールもアノーニモも、貴様への妄執を断ち切れずにいる。お前を倒せばすべて断ち切れる」

ピラルクーは獠に蹴りかかった。片脚を軸に回転してもう一度蹴り、すかさず右パンチを放つ。獠はそれを左腕で受け止め、両手を突き出して相手を押し倒そうとした。

踏みとどまったピラルクーが拳を振るうと、獠は身を低くして背後に回り込み、両腕で腰を締めつけた。ピラルクーはそれを強引に振り払い、スピードのある蹴りを二発繰り出す。獠は間合いを取って後ずさった。

「こいつは貰《もら》っていく」

獠の左手にはアダムのケースが握られていた。ピラルクーは腰に手をやり、感心したように小さく呻いた。

「ただ一人、エンジェルダストに呑まれなかっただけのことはある」

実戦投入計画における唯一の生存者。接触の機会がなかったピラルクーにとって、それは伝説的な存在でもあった。

「呑まれたさ。だから背を向けた。だが、間違っていた。お前の言う通りだ」

そこで不意に険しい顔になり、左手にぐっと力を込める。

「無くしてしまわなければいけなかった」

「………」

ピラルクーは絶句した後、獠のほうへ駆け出そうとして、側面からの銃撃に足を止めた。隣のガントリークレーンで海坊主がマシンガンを構えていた。

「こいつは任せとけ」

「頼む！」

獠がクレーンを飛び降りる。ピラルクーがそれを見届けて振り返ると、クルーズ船は港を離れようとしていた。

クレーンの運転室の傍らに着地した獠は、宙吊り状態のコンテナに飛び移り、そこからコンテナの山に降り立った。

「…………!?」

敵の気配を感じてコルト・パイソンを構える。同じ銃をこちらに向けるアンジーがそこにいた。

二人が同時に発砲し、両者の弾丸がすれ違った。

アンジーの弾丸が獠のこめかみを横切り、背後から獠を狙っていた男に命中する。獠のそれもまたアンジーの横を通り、その先の男を倒していた。

獠がふっと口元を綻《ほころ》ばせてケースを投げ、それを受け取ったアンジーは無機質な声で冷ややかに応じた。

「礼を言う。だが決着は付ける」

アンジーはコンテナを飛び降り、モーターボートで海へと去っていく。

その時を待っていたように、ピラルクーが俊敏な動きでクレーンから飛んだ。

海坊主はマシンガンを構え直して掃射するが、もはや間に合わない。ピラルクーは死角から死角へと走り抜け、アダムと裏切り者を追ってコンテナターミナルから姿を消した。

第四章　メイヨールの罠

1

クルーズ船は川崎港から東南東へ針路を取っていた。

厳しい顔でモニターを見ていた男は、組んだ脚を解いて軽く目を閉じ、ソファーから立ち上がった。

口元に一瞬だけ笑みを浮かべ、堂々とした物腰で前を見据える。その目には強い意志と胆力がみなぎっていた。

東京湾の中心を直線で横切り、川崎市と木更津市を結ぶ有料道路——東京湾アクアライン。その半ばにある海ほたるパーキングエリアは、五階建ての商業施設にして、日本夜景遺産に選ばれた観光スポットでもある。

一階広場の海に面した柵のそばに、トンネル掘削機のカッターフェイスを模したモニュメントが置かれていた。直径約十四メートルの丸い金属板を斜めにカットし、無数の突起と切り込みを入れ、地面に刺して立てたような形状である。

アンジーはその傍らに立ち、数百メートル先のクルーズ船を見つめていた。距離がありすぎて見えないが、その甲板では薄紫のスカーフを巻いた男がロングコートをなびかせていた。

「——俺と一緒に来い、アノーニモ」

背後から男が声をかけた。コンテナターミナルで赤いペガサスの自動車を奪い、海底トンネルからアンジーを追ってきたピラルクーだった。

「…………」

アンジーは振り向かない。ピラルクーの口ぶりに熱がこもる。

「メイヨールには俺が許しを請う」

「私はエスパーダを殺した」

アンジーが突き放すように言った。目的のためにはやむを得なかった。それでも仲間を死なせたことの意味はわかっている。

「もう組織には戻れないし、戻る気もない。私はただ、あの方の最高傑作は私であることを……」

アンジーはアダムのケースを高く掲げた。

「こんなものは必要ないことを、これから証明する。あの方の目の前で」

「その前に俺がお前を殺す。それを組織へ返すんだ、アノーニモ」

ピラルクーがアンジーの背中に銃を向けた。

「私の人生はメイヨールに出逢った日に始まり、常にメイヨール——海原神とともにあった。これからもそうだ」

メイヨールに名を授かれなかった自分は、来日して冴羽と接触するために、アンジェリーナ＝ドロティーア・オーシアノスという偽名を作った。オーシアノスはギリシャ神話における海の神だ。

「罪なことを……」

ピラルクーが恨めしげに呟いた。すべてを奪われた少女を奪った者が手元に留め、その心を支配して嫉妬に狂わせる。メイヨールが行ったのはそういうことだ。

アンジーはケースを頭上に放り、コルト・パイソンの銃口を向けた。

「やめろ！」

ピラルクーは銃を構えて逡巡《しゅんじゅん》した。そこへ突如プロペラの轟音が迫り、下方の死角から武装ヘリが姿を現した。

「――――!?」

強烈なライトを浴びたアンジーの目が眩み、操縦席前方のマシンガンが火を噴いた。ピラルクーはアンジーの頭を押さえ、自分を盾にしてモニュメントの裏に転がり込む。その脇腹からゆっくりと血が滲み出していた。

アダムのケースが海に落ちて飛沫を上げ、すぐに水面に浮き上がった。銃撃を浴び続けたモニュメントの付け根が折れ、巨大な金属板が二人のほうに倒れてくる。アンジーが二階に通じる階段を目指して走り、ピラルクーはその背中をガードしながら後を追った。

武装ヘリが二人を追撃し、ピラルクーの胸に背後から穴を穿つ。ピラルクーは懸命に脚を前に運び、階段の陰に身を隠すと、その場に力なく腰を落とした。

「ピラルクーッ!!」

赤黒く染まっていく戦闘服を両手で掴み、アンジーが悲痛な声を上げる。ピラルクーは荒い息を吐きながらも、それまでの毅然とした態度を崩し、うっすらと笑みを浮かべていた。

「エスパーダのやつ、楽に逝ったのかな……。行き先は地獄だろうが……」

「………」

「行け……冴羽の所へ」

最後に残ったのは本懐を遂げさせたいという思いだった。自分の甘さゆえにアンジーを殺せなかった。だがそれで良かったのだ。

「お前は……生きろ……」

言うべきことは伝えた。ピラルクーは安堵したように目を閉じた。

後方から突風が吹いた。迂回した武装ヘリがホバリングし、再びマシンガンの銃口をこちらに向けている。

二人を死なせたのは自分だ。その重みは背負わねばならない。言葉にならないもどかしさと悲嘆を覚悟に変え、アンジーは武装ヘリに対峙してトリガーを引く。弾丸が排気口を貫いてエンジンを直撃し、爆発の炎が夜の海を紅《あか》く染めた。

クルーズ船の甲板から、ロングコートの男がそれを興味深げに眺めていた。

2

海ほたるに駆けつけた四人が最初に目にしたのは、爆煙に揺らめくアンジーのシルエットだった。

霧が晴れるように煙が薄れ、銃を携えたアンジーの姿が浮かぶ。射るような眼光、凜然とした立ち姿、獰猛《どうもう》なまでの威圧感。暗殺者の真の姿がそこにあった。

「あれが……アンジーさん……？」

自分の知る彼女とはまったく違う。香が問いかけるように隣を見ると、獠はアンジーのほうへ歩き出していた。

「――待って、獠！」

獠が神妙な顔で振り返り、不吉な予感が香を襲った。かつて触れたことのない凍《い》てつくような切迫感。それは濃密な死の気配を伴うものだった。

「アンジーさんと戦わずにすむ方法はないの!?　彼女と戦う理由なんてないでしょ!?」

「ああ……だが、逃げることはできない」

獠はアンジーに向き直った。戦いは止められずとも、彼女を救う方法はどこかにある。香にはそう祈ることしかできなかった。

「手心を加えればやられる」

海坊主が考えを見透かしたように言い、愕然とする香にはっきりと告げた。

「アンジーはこれまでに戦ってきた誰よりも強い」

「────!!」

香が感じたのは戦闘力への畏怖ではなく、理解できない現実の不気味さだった。獠の戦いは何度も目にしてきた。屈強な兵士や敏腕スナイパーも退けてきた。それよりも強い存在とアンジーの印象がどうしても重ならない。

「香、これは──」

獠がおもむろに口を開く。香はその先をとっさに遮った。

「……嫌ッ！」

言葉が呪いになることもある。パートナーを信じるからこそ、その先を耳にしてはいけない。香はそう直感していた。

「聞かない」

「…………」

獠は困ったように瞬きをすると、軽く息をついて微笑《ほほえ》んだ。小さく俯《うつむ》いて目を閉じ、迷いを断ち切るように瞼《まぶた》を開く。そこには香のよく知るシティーハンターの顔があった。

泰然とした足取りで広場の中央へ向かう獠に、アンジーが仮面のような表情で語りかけた。

「冴羽獠、お前を倒す。私はお前を超える」

二人が間合いを取って対峙した。アンジーがコルト・パイソンを構え、両手を下げたままの獠に銃口を向ける。

「抜け、冴羽」

「やめて！　殺し合うなんて！」

やはり戦わせたくない。香が思わず声を上げ、海坊主がその肩に手を載せた。すがるように美樹を見ると、暗い顔で首を横に振る。傭兵の教育を受けた美樹は、避けられない戦いがあることを知っていた。誰も望まない結果を生むとしても、それを止めることはできない。

そんなやり取りが交わされている間に、クルーズ船が海ほたるに接近し、そこから離れた小型ボートがアダムのケースを回収していた。

アンジーは眉を寄せて相手の出方を窺うが、獠は平然と佇んでいる。その状態がしばらく続き、やがてアンジーは銃をホルスターに収めた。

「香さん……これが私の望みなの……」

口の中で小さく呟き、心を落ち着かせるために息を吐く。動かない冴羽を殺しても意味はない。冴羽に自分を殺す理由がないこともわかっている。こちらから動くしかないのだ。

仕掛けるタイミングを計っていたアンジーは、一瞬クルーズ船に目をやり、甲板に立つその男を認識した。

「――――!!」

男は部下からアダムのケースを受け取り、獠たちに視線を向ける。獠とアンジーは顔をこわばらせ、銃を抜いて同時に駆け出した。

アンジーが続けざまに撃ち、獠が横に飛んで引き金を引く。正確な狙撃がアンジーの左胸を捉え、香が甲高い悲鳴を上げる。海坊主と美樹は黙ってなりゆきを見守っていた。

プロテクター越しの衝撃に耐えながら、アンジーは信じられない思いで自分の胸元を見た。プロテクターが深く抉《えぐ》られていた。被弾したことは幾度かあるが、ピンポイントで心臓を撃たれたことはない。装備がなければ確実に死んでいた。

アンジーは物陰で弾丸を装填し、深く息を吸って戦闘を再開した。

攻撃を避けながら撃ち合う膠着《こうちゃく》状態が続き、二人は広場の中央に躍り出た。同じ円軌道を描くように走り、円周の反対側にいる相手を狙う。アンジーが距離を詰めようと前に出た瞬間、その腹に弾丸が命中した。

アンジーはのけぞって腹を押さえ、銃を持つ腕を伸ばして突撃を仕掛けた。獠はそれをかわして腕を掴み、引き倒しながらボディを殴りつける。アンジーは肘で攻撃を受け止め、獠の顎に拳を命中させた。

乱れそうになる意識を引き戻し、獠は身体をよじって顔面を庇《かば》った。完成された肉体から繰り出される一撃は、その速度から想像される数倍は重く、連続攻撃を食らうことは致命傷になりかねない。

獠はそのまま腰を回転させ、伸ばした腕を相手の首筋に叩き込む。アンジーの身体がふらつき、獠の前蹴りを食らって吹き飛ばされた。

落下するまでの刹那、アンジーは破いた写真のことを思い出していた。

床に捨てられた右半分には少年兵、手に残る左半分には戦闘服姿の男が写っている。紳士然とした雰囲気を纏《まと》うその男は、強さと優しさに満ちた屈託のない笑顔を少年兵に向けていた。

＊　＊

「私の知らない時代……私が受けたことのない眼差し」

自分を拾った頃のメイヨールは、革命の闘士にしてエンジェルダストに魅了された野心家だった。苛烈なまでの冷徹さと実行力を持つ彼は、後に犯罪組織ユニオン・テオーペを築くことになる。

エンジェルダストを手にする前のメイヨールを自分は知らない。偶然見つけた写真の笑顔は、それまでの印象を一変させるものだった。悪魔の発明が〝父〟の人間的な感情を奪ったのだ。

あの方の心を取り戻させたい。アンジーは強くそう思った。

メイヨールが冴羽を最高傑作と呼ぶたびに嫉妬が渦巻いた。自分の力だけで冴羽を倒す。名前を与えなかった私こそが最高傑作であり、エンジェルダストは不要だと理解させるのだ。

＊　　＊

アンジーはかっと目を見開き、空中で身体を捻《ひね》りながら撃った。横に動いて弾を避けた獠が狙いを定めてトリガーを引く。弾丸は首元のわずかな隙間を抜け、プロテクターの裏側で跳ね返った。

「ぐはっ!!」

アンジーの首の周りに血飛沫が舞った。弾丸は装甲の中で着実にダメージを与えていた。

「アンジーさん！」

香が祈るように両手の指を組む。アンジーは顔を歪めて膝をついた。

「……勝負あったな」

サングラスを押し上げた海坊主がそう呟き、美樹が無言で頷いた。

「え？」

香だけが状況を把握できずにいると、海坊主が説明するように口を開いた。

「彼女の腕はもう――」

アンジーは苦しげに身を起こした。震える右腕で銃を構えようとするが、神経が麻痺して指を動かせない。そこへ獠がゆっくりと歩み寄った。

「……やれ」

アンジーが毅然としてそう命じると、獠は銃を下げて左手を差し出した。

「今の君に、その銃は重すぎる」

「…………」

アンジーはやがて吹っ切れたように溜息をついた。コルト・パイソンを使い始めたのは、その銃を携えたシティーハンターと呼ばれる男こそが、メイヨールが最高傑作と呼んで育て上げた存在だと知ったからだ。もとより自分に合う武器ではなかった。

「これが最高傑作……か……」

痛みを堪《こら》えて立ち、撃たれた首元を左手で押さえる。無念さと解放感と寂しさが入り交じったような、複雑な思いが胸に湧き上がった。

「アンジーさん……笑ってる……？」

香が不思議そうに呟き、張り詰めていた表情に安堵が浮かぶ。獠はコルト・パイソンを掌の中で回し、一件落着とばかりにホルスターへ放り込んだ。

3

甲板の男はカルカノライフルを手にしていた。かつてイタリア軍が使用したボルトアクションライフルで、有効射程は約六百メートル。標的を狙うには十分な性能だった。

男はライフルのボルトを引いて弾薬を装塡した。部下が回収したばかりの特別製である。それを指先で薬室に押し込み、ボルトを押してレバーを倒す。両腕と肩口で銃身を固定させてスコープを覗くと、二つの人影が視界に入った。

「お前の望みを叶えよう。獠を超えるがいい」

照準を合わせてトリガーを引く。射出されたカートリッジ弾は人影の片方――アンジーの肩甲骨の近くに命中し、その身体が大きくのけぞった。

「――――!!」

カートリッジ弾の中でアンプルが作動した。電子音とともに針が伸び、充塡されていたナノマシンを放出する。それらは血液中で赤血球に取りつき、宿主に尋常ならざる変化を引き起こそうとしていた。

アンジーは膝をついて小刻みに震え、クルーズ船のほうに顔を向けた。

「……メイヨール……」

ライフルを持つその姿を目にして、アンジーは自分に起きたことを理解した。

カートリッジ弾にはアダムが仕込まれていた。当人の意志とは無関係に、強制的に接種させるための弾丸。メイヨールが自分にそれを使ったのだ。

アンジーの顔に悲嘆の色が浮かび、首ががくりと前に折れ、石化したかのように動かなくなった。

「アンジー!!　しっかりしろ!!」

獠が駆け寄って触れようとした瞬間、アンジーの腕がバネ仕掛けのように動き、その身体をはじき飛ばした。常識では考えられない威力だった。

「――――!?」

地面に伏して様子を見ると、アンジーは腕を伸ばした姿勢のまま、手を小刻みに震わせている。獠は警戒して起き上がった。

「……なんだ……?」

アンジーが不可解そうに声を漏らした。仲間が使っていた第二世代も体感したことのない彼女にとって、それはまったく未知の領域だった。瞳孔が激しく収縮し、目の焦点がぼやける。理性がぼろぼろと剝がれ落ち、加虐性が膨張して恐怖を消していくのがはっきりと感じられた。

内圧と衝動を抑えきれずに駆け出したアンジーは、獠の顔面に右の拳を叩き込んだ。続けざまに左ストレートを放って腹を蹴り上げる。獠の身体が浮き上がって大きく飛び、受け身を取る間もなく背中から落下した。

獠はとっさに起き上がり、見失ったアンジーを探そうとする。その頭上からアンジーがニードロップを浴びせ、すかさず右フックを見舞う。速さと重さを備えた打撃をまともに食らい、壁に激突した獠が咳き込んで血を吐いた。

「ぐはッ!!」

「……力が……みなぎって……」

アンジーが熱に浮かされたように言った。ときおり指先が痙攣《けいれん》したように震えるものの、見た目に大きな変化はない。しかし速度とパワーは格段に増している。アダムは着々と効力を発揮していた。

その影響は別の形でも表れていた。首筋の銃創がうねうねと蠢き、血に染まった銃弾を捻り出す。筋肉が自律的に反応し、体内の異物を排出する——その面妖さに獠は眉をひそめた。

自身の鮮烈な変化を実感しながら、衝動に駆られるままに攻撃を続けようとして、アンジーは目眩《めまい》のような感覚に襲われた。

（なんだ!?　冴羽の動きが――）

反応速度が上昇したアンジーには、獠の動きが緩慢に映っていた。左パンチをやり過ごして背後を取り、回し蹴りを側転でかわし、右パンチの初期動作を見極める。攻撃を避けることは児戯にも等しかった。

（見える！　これが私の身体なのか!!）

アンジーは歓喜に満たされながら、踊るように戦いを楽しんでいた。振り下ろされた手刀をすり抜け、がら空きの腹部に膝蹴りを入れる。時の流れが歪んだような奇妙な体験だった。

（なんて美しい景色なんだ！）

「ぐはッ!!」

腹を押さえて吐血した獠の腰を両手で掴み、遠心力を加えて放り投げ、円錐《えんすい》形のオブジェにぶち当てる。すかさず助走をつけて飛び上がり、倒れた身体に拳を振り下ろす。獠が転がって回避すると、アンジーの拳がオブジェを粉砕した。

獠は展望デッキに通じる螺旋《らせん》階段を駆け登った。

アンジーは人間離れした跳躍で階段の手すりを飛び渡り、たちまち展望デッキに辿り着くと、大きくジャンプして獠の前に着地した。片手で持ち上げた獠を投げ捨てた後、両手の指を広げてまじまじと見つめながら、興奮を隠せない口ぶりで自問する。

「私は……冴羽を超えたのか!?」

アンジーはとどめを刺そうと歩を進め、急に身体をよろめかせた。

「……違う……私はなにを……!!」

頭を抱えて足元を凝視し、わずかに残った理性に縋《すが》りつく。

「こんな……これでは……ッ!!」

「アンジー!!」

獠が起き上がって名前を叫ぶ。螺旋階段から足音が響き、香と海坊主と美樹が展望デッキに登ってきた。

「ウウウ……」

アンジーはだらりと手を下ろし、野獣めいた呻《うな》りを上げた。憎悪に染まった形相で獠に詰め寄り、不意に足を止めて顔を歪ませる。

「……やめろ……ッ！　これは私の意志ではない！　私を乗っ取るなッ！　消えろ！　出ていけ！」

「アンジーさん！」

内なる敵に抗う凄絶な姿を前に、香はただ見ていることしかできなかった。

「こんなことを……して……冴羽に、勝っ、てもッ……‼」

アンジーは苦痛に悶《もだ》えながら髪を振り乱した。

「これが……エンジェルダスト……」

身体を縮めてうずくまる。その目には涙が光っていた。

「なぜ……私に……こんなことを……メイヨール……」

クルーズ船の方角に震える手を伸ばすアンジーを見て、獠は痛みを共有するかのように顔を歪ませた。

「うう……」

アンジーが憑《つ》かれたように身体を掻きむしり、顔や首筋に擦過傷が刻まれていく。その速度は次第に緩やかになり、やがてすべての動きが止まった。

香が目に涙を浮かべて嗚咽した。

4

最初に動いたのは右腕だった。

床に手をついて肩を押し上げ、上半身を反らせて首を横に振り、アンジーは虚ろな目を見開いた。

「……コロス……」

喉から絞り出されたその音は、古《いにしえ》の呪詛《じゅそ》のような響きを伴っていた。

「殺す……殺す……。殺さなければ、愛されない……」

唱えるようにそう呟くと、アンジーは迷いのない力強い声で叫んだ。

「すべて消す……。すべて抹殺するッ!!」

獠は殴打と蹴りを両肘でガードし、右手の銃を手刀にして腕を狙う。アンジーはそれよりも速く脚を振り上げて顔面に叩き込んだ。

「ぐはッ!!」

体勢を戻しながら獠が肘打ちを放つ。アンジーはそれを悠然とかわし、左手で獠を掴んで壁に投げつける。戦闘力の差は圧倒的だった。

アンジーは感情のない顔で銃を構え、起き上がろうとする獠の右脚を撃った。

「くッ!!」

銃創から鮮血が噴き出した。アンジーは高く飛んで獠の胴に両膝をめり込ませ、バック転で反撃のパンチをかわす。獠が銃口を向けた時、アンジーはもうそこにはいなかった。

「獠の動きがすべて見切られている。このままじゃ——」

海坊主の声に焦りが滲む。香の目にも戦況の悪さは明らかだった。

「でも、エンジェルダストが切れるまでもたせれば――」

美樹がわずかな希望を口にするが、海坊主はそれを冷静に否定した。

「彼女の精神がもたない」

「えっ!?」

香と美樹が息を呑んだ。

「アンジーでなければ、とっくに支配されていた。そして、もう――」

「そんな……」

美樹が言葉を詰まらせる。香は目の前で起きていることの本質を悟り、エンジェルダストという禁忌の存在に戦慄した。人間を人間でなくしてしまう――獠が話していたのはこういうことだ。

獠が走りながらトリガーを引き、アンジーが空中から撃ち返した。受け身を取って植え込みの陰に入り、素早く弾丸を装塡した獠が飛び出すと、アンジーの姿が消え失《う》せていた。

「――!?」

頭上からの殺気を察し、とっさに上空めがけて撃つ。アンジーは小首を傾げるような仕草でそれを避け、狙い通りに獠の左腕を撃ち抜いた。

「ぐッ!!」

穿たれた右脚と左腕を庇いながら獠が身を起こし、歩み寄ったアンジーがすっと銃を突きつける。獠はその光のない目を穏やかに見つめ返した。

「獠――ッ!!」

香が思わず身を乗り出し、海坊主と美樹に引き留められる。その直後、アンジーの手から銃が滑り落ちた。

「あ……あッ……!!」

アンジーは跪《ひざまず》いて頭を抱え、悲痛な声を絞り出した。

「い……いや……だ……ッ!」

「アンジーさん!」

美樹が痛々しげに目を背ける。香は二人を振り切って駆け出した。

「おい!!」

海坊主の伸ばした手が空を切り、香は足を速めようとする。そこへ獠の刺すような声が飛んだ。

「――香!! 来るな!!」

香が射すくめられたように立ち止まった。アンジーは香の声に反応し、びくりと瞼を震わせると、地面をまさぐって銃を拾い上げた。首を後ろに倒した後、突然脱力したように頭《こうべ》を垂れ、荒い息を吐いて自分の額に銃口を押しつける。

「やめろ!」

獠はアンジーの腕を封じようとするが、その腕がロボットアームのように角度を変え、続けざまに発砲した。辛うじて弾道を見切った獠は、傷ついた足を引きずりながら距離を取った。

「んぐッ!」

アンジーは苦痛に耐えながら手首を返し、銃口を自分のこめかみに当てようとする。その手首がいきなり不自然に反り、獠を狙って引き金を引いた。

「アンジーは自ら命を絶とうとしている。だが、エンジェルダストはそれを許さない」

異様な状況に愕然とする香の後ろで、海坊主が静かに言った。戦闘力と加虐性を肥大させるだけでは、暴走した兵士が自滅する可能性がある。被投与者の生命を守ることはエンジェルダストの最優先プログラムだった。

「そんな……」

「アンジーにももう、わかっているはずだ。どうすればこの状況から抜け出せるのか」

「それって――」

美樹が憑かれたように顔をこわばらせる。海坊主はこくりと頷いた。

「獠もまた、わかっている」

「……誰かに殺されなければ……終わらないってこと……？　そんなのない……そんなのッ!!」

絶望に胸を軋ませながら、香はそれでも奇跡を祈り続けていた。

5

アンジーは展望デッキの端から広場へ飛び降りた。高さにして三階分の落差がある。獠が後を追って螺旋階段を降りようとすると、アンジーは振り返って銃撃を浴びせ、展望デッキと階段を繋ぎ止める金具を破壊した。

獠を乗せた階段がぐらりと揺れ、アンジーがその真下に手榴弾を落とす。爆発で土台を失った階段が音を立てて崩れ、獠はとっさに跳んで展望デッキの縁に摑まり、左腕を庇いながらよじ登った。

振り返って広場を見下ろすと、階段だった鉄骨や金属板が積み上がり、解体現場のような様相を呈していた。武装ヘリが破壊したオブジェも含めて、あたりは残骸だらけになっている。

「…………」

土煙の中で人影が起き上がった。エンジェルダストで強化された肉体は、鉄骨の雨を浴びても死ぬことができない。アンジーは獣のように咆哮《ほうこう》した。

「うあぁあぁあぁあぁあぁあぁあぁあぁ――ッ!!」

意志に反して動く身体で獠めがけて残弾を放つと、アンジーはプロテクターの胸元を掻きむしり、叫びきった後の痩せた声を絞り出した。

「……た……す……け……て……」

ナノマシンに支配されたはずの殺戮者《さつりくしゃ》の瞳に、一滴の涙が浮かんでいた。

「……お……ね……が……い」

「まだ自我があるというのか!?」

海坊主が愕然として叫んだ。常人ならば撃ち込まれた直後に意識を呑まれている。もとより屈強な兵士を戦闘兵器にするための強制プログラムだ。体内の圧倒的な濁流に抗い続け、自我を保とうとする精神の苦痛。それは想像するに余りあるものだった。

美樹が救いを求めるように海坊主に身を寄せる。海坊主にできるのは、その背中に手を添えることだけだった。

「……くッ!!」

香は耐えきれずに目を閉じた。数日間の記憶が不意に甦《よみがえ》る。初めてのパンケーキに感動し、オブジェの前で一緒にポーズを取り、獠を海に引き込んで笑っていたアンジー。あの笑顔を取り戻す術はもはやない。

「た……すけて……」

その声が心を抉る。息をすることも瞬きも忘れ、身体を引き裂くような葛藤に駆られた香は、やがて空中の一点を凝視した。

「──獠!」

声を震わせながらも毅然として叫ぶ。

「助けてあげて!　もう……楽にしてあげて!」

植え込みを背に座っていた獠は宙を睨み、唇を一文字に結び、視線を落として目を閉じた。

「た……のむ……サエ……バ……」

「彼女の依頼よ!　獠───ッ!」

涙を散らして叫ぶ香の声に、獠はゆっくりと目を開けた。

飛び出しざまにマグナムを撃ち、アンジーの反撃をやり過ごし、別の植え込みの陰に転がり込む。そこから身を乗り出して二発撃つと、二発目がアンジーの左腕にヒットした。反射速度がわずかに鈍ったようにも見える。獠の動きを先読みしながらも、残った自我が反応を意図せず抑えているのかもしれない。

弾丸は左腕を捉えたものの、プロテクターのせいでダメージを与えられない。

獠は思案顔でリロードし、即座に次の行動を起こした。

相手の動きを窺っていたアンジーは、飛び出した影に向けて三発撃ち、はっとして立ちすくんだ。

風穴の空いたジャケットが舞っていた。その裏に踏み込んだ獠が左の掌底を撃鉄に添え、リボルバーを六連射する。起点の見えない攻撃は避けられず、五発目と六発目がアンジーに当たるものの、プロテクターはその衝撃を吸収していた。

獠は植え込みに引き返し、腰を下ろして嘆息した。ポケットに予備の弾丸が三発だけ残っていた。それを指で装塡し、神妙な面持ちであたりを見回す。決着の時が迫りつつあった。

「…………」

展望デッキの縁で瓦礫《がれき》が山を成していた。戦闘で壊れた展示物やベンチなどの残骸である。獠はその突き出した先端部に立ち、銃を構えて呼吸を整えた。

広場から獠を見上げたアンジーもまた、銃口を向けて引き金に指をかけた。

その瞬間、獠が足元を踏みしめた。不安定な瓦礫が崩れ、獠の身体が落下を始める。アンジーはターゲットの動きに対応できず、銃口を動かして連射するものの、弾丸の一つが獠の肩を掠《かす》めただけだった。

獠は落下しながら狙いを定めて撃ち、アンジーの手からコルト・パイソンをはじき飛ばした。

「――――!!」

相手が腕を引いた隙を見逃さず、自分が刻んだプロテクターの傷をピンホールショットで狙撃する。二度目の直撃を受けたプロテクターに穴が穿たれ、弾丸はアンジーの表皮組織を破り、強化された筋肉の壁に食い込んだ。

すかさず三発目を放つ。寸分違《たが》わず同じ位置に命中したそれは、突き刺すように二発目の弾丸を押し込み、その先にある心臓を貫かせた。

プロテクターの隙間から赤い飛沫が噴き、アンジーが脱力してよろめいた。

邪悪な憑き物が落ちたように、殺戮者の顔から攻撃性と毒気が抜け、穏やかな顔つきに戻っていく。その口元に子供のような笑みが浮かんだ。

アンジーの脳裏には一つの光景が浮かんでいた。笑顔の海原が両手を広げ、少女の自分が飛び込んでいく。そんな他愛のない、しかし永遠に叶うことのない幻想だった。

「――獠、お前はいつも期待以上だ」

クルーズ船の甲板に立つその男は、遠ざかる戦場を見やり、すこぶる満足げにそう呟いた。

広場に墜落した獠はよろよろと立ち上がり、横たわるアンジーに歩み寄り、両手でその肢体を抱きかかえた。

「……お前のように……愛されたかった……」

アンジーは獠を見上げ、その顔にメイヨールのイメージを重ねながら言った。

展望デッキで死闘を見守っていた三人が内階段から広場へ降り、香が息を弾ませて獠たちの所へ駆け寄った。

「アンジーさん!!」

香は傍らに膝をついて友人の名前を呼んだ。

「……ありがとう……香……さん……」

「………」

美しい景色や美味しい食べ物、伝えたい話や紹介したい人たち。自分たちの住む国や街には、アンジーに教えたいものが沢山《たくさん》ある。色々な思いが交錯しながら一度に押し寄せて、香は返事をすることができなかった。

すべてを察したような眼差しを香に向け、少し長めの瞬きをした後、アンジーはもう一度獠を見た。

「もっこりできなくて残念だ……獠……」

薄れゆく意識の中でそう言うと、アンジーは静かに瞼を閉じた。

香が絶叫した。美樹は悔しげに顔を伏せ、海坊主がその肩をそっと抱き寄せる。

獠はアンジーを地面に寝かせて怒りに歯を食いしばり、冥《くら》い海の彼方に射るような視線を向けた。

6

ロングコートを潮風にはためかせながら、男は外洋に針路を変えたクルーズ船の甲板に佇んでいた。

「よくやった、アノーニモ」

その手にはアダムのケースがあった。

「君は私の最高傑作だ――」

柵から手を出して蓋の開いたケースを裏返す。残りのアンプルとデータを収めたメディアが海に落ち、仄暗《ほのぐら》い水の底へと音もなく沈んでいった。

来生三姉妹のヘリコプターは上空からクルーズ船を見下ろしていた。

瞳は双眼鏡から目を離し、複雑な思いを込めて呟いた。

「皮肉だわ……なんだかとっても綺麗……」


川崎港コンテナターミナルの入口では、赤いペガサスの構成員が一斉検挙されていた。交戦で傷を負った男たちは抗う気力もなく、警官の指示で護送車に押し込まれていく。下山田はその様子を得意顔で眺めていた。

「よーし、どんどん連れていけ！」

公安にとっては大収穫だった。構成員からは多くの情報を得られるだろう。下山田は期待に胸を躍らせながら、岸壁で海を見ている冴子に声をかけた。

「野上刑事！〝正義は勝つ〟だな。かっはははは！」

高笑いをして悠然と歩み去る下山田をよそに、冴子は髪を風に揺らし、心の中で静かに呟いた。

(ついに、避けては通れない戦いが始まるのね、獠……)

7

数日後——。

羽田空港の出発ゲートに、ロサンゼルスへ帰国する来生三姉妹の姿があった。

三人は出発ゲートの手前で足を止め、忘れ物を確かめるように振り返り、それぞれに無念を噛みしめていた。アダムの流出は阻止できたが、自分たちは利用されたに過ぎない。このままで終わらせるわけにはいかなかった。

「ユニオン・テオーペ」

瞳がその名前を口にすると、泪が意図を汲《く》んで小さく頷く。

「詳しく調べたほうが良さそうね」

やるべきことは決まった。三人は力強い足取りで出発ゲートを通り抜けた。

海坊主と美樹は喫茶キャッツアイのカウンターに立ち、束の間の平穏を噛みしめながら、一連の出来事を思い返していた。

「来生さんたちへ情報をリークしたのも〝メイヨール〟だろう。アンジーの行動を見越して、二人が出逢うよう仕向けたんだ」

アダムの情報が来生三姉妹に伝われば、自分の所に相談が持ち込まれる。そこに獠が絡んでくる可能性は高い。獠の交友関係と性格、アンジーの心情を把握している人物なら、アダムの実戦投入を計画に織り込み、二人の戦いを誘導することもできたはずだ。

「そんな……」

美樹は愕然とした。あんなにも愛情に飢えていたアンジー。その思いを利用して掌で踊らせたメイヨール。これでは救いがなさすぎる。

「そうとわかったうえで、彼女を救おうとした獠に、冴子も賭けた」

「………………」

美樹は俯いて口を閉じた。アンジーはメイヨールだけを想い、獠のように愛されたいと願った。意に反してアダムを投与され、苦しみに悶えながらも、その想いは貫かれた。メイヨールは戦いを見てなにを感じただろう。

「アダムは警察が回収したそうだ。これでゾルティック社も押さえられる」

メイヨールは世界に一つしかないアダムを手放した。そのことが美樹にとって小さな救いになればいい。海坊主はそう思いながら慰めるように言った。

「アンジーが海原を動かした。そう思っていいのよね」

美樹はコーヒーとモンブランパンケーキを手に取り、誰もいないカウンター席にそっと置いた。


アンジーの亡骸《なきがら》は郊外の墓地に葬られた。

獠と香は墓標に花を添え、石に刻まれた墓碑銘――アンジェリーナ＝ドロティーア・オーシアノスの文字を見つめた。幼少時の名を奪われ、新たな名を授けられなかった彼女は、自分で付けた名で生涯を終えた。

「あの二人と、逢えているのかな……」

香がふとそう言った。一人はアンジーに倒され、一人はアンジーを庇って命を落とした。非情な掟のもとに生きた暗殺部隊とはいえ、彼らの間にも絆《きずな》があったはずだ。

「……ああ」

猿は厳しい表情を浮かべ、しかし穏やかな口調で答えた。

「殺し合う必要などなかった三人だ」

香は心の中で同意した。仲間を殺し合わせた者がいる。ひとしきり悲しみに暮れた後、今はそのことが無性に腹立たしかった。

「――――!?」

獠が突然目を見開き、凍りついたように全身をこわばらせた。

目映《まばゆ》い陽光と緑の中を、赤いユリのような花束を手にした長身の紳士が歩いてきた。トップハットとサングラスを身に着け、首に薄紫のスカーフを巻き、グレーのロングスーツを纏《まと》っている。物腰は上品だが、肉体にこびりついた戦場の匂いは隠しようもない。

獠は香の前に歩み出ると、男から遠ざけるように手で制した。

「………？」

男は二人の横を通り過ぎ、身を屈めて花束を供えようとする。

「──それを置いたら、お前を撃つ」

獠がジャケットに手を入れ、ホルスターの中でマグナムが鈍く光った。香が驚いて目線を上げた。激しい敵愾心《てきがいしん》を隠そうともしない。こんな獠を見るのは初めてのことだ。

男はやれやれとばかりに立ち上がった。

「彼女が好きな花だったのだがね」

「貴様に供えてほしくない」

「殺したのは、お前だろう」

獠の顔が紅潮した。感情を押し固めて全力で叩きつけるように、強い思いを込めて三文字だけを口にする。

「消えろ」

香は困惑して獠を見た。自分の知らない獠の顔がそこにあった。

「では出直すとしよう。失礼したね、お嬢さん」

男はハットの縁を持ち上げ、香に軽く一礼した。

背を向けてゆっくりと歩を進めながら、男は厳かに響く低い声で語りかけた。

「冴羽獠という名前、気に入ってくれているようだな」

「えっ……」

香がはっとして獠の横顔を見た。獠は唇を強く結び、射抜くような眼差しで男の背を睨み据えていた。

「いずれまた逢おう」

その男——海原神はそう言い残して歩み去った。

エピローグ

「――ねえ、獠」

　香はミニクーパーのフェンダーに腰を下ろし、赤い車体にもたれている獠に話しかけた。

　二人はレインボーブリッジが望める東京湾の港を訪れていた。羽田空港行きの旅客機が低空を横切っていく。アンジーは無事に帰国して、愛猫のキャリコと仲良く元気に暮らしている――香がそう思いたくなるほどに、そこには平和な日常の景色が広がっていた。

「あの時、なにを言おうとしたの？」

「あの時って？」

猿が不思議そうに問い返し、香は不服げに唇を尖らせた。

「だから、私になにか言おうとしたでしょ。その……いつもと違う顔して……」

アンジーとの戦いに臨む直前、獠は今生の別れでも告げるかのような態度を見せていた。胸がざわついて言葉を遮ったものの、香はその真意を図りかねていた。

「そうだったかなあ?」

「すぐそうやってとぼけるんだから」

香が拗《す》ねたようにそっぽを向くと、獠は目を閉じてふっと笑い、顔を上げて景色を見やり、なにげない約束を交わすように口を開いた。

「俺は、死なない」

晴れ渡った空に白い雲が二つ、寄り添うようにゆっくりと流れていく。香は眩しげに目を細め、口元を綻ばせて悪戯っぽく応えた。

「――知ってる」

本書は、映画『劇場版シティーハンター 天使の涙(エンジェルダスト)』(原作・北条司、総監督・こだま兼嗣、脚本・むとうやすゆき)の小説版として著者が書下した作品です。

なお、本作品はフィクションであり実在の個人・団体などとは一切関係がありません。

徳間文庫

劇場版《げきじょうばん》シティーハンター
天使の涙（エンジェルダスト）
公式ノベライズ

2023年9月15日　初刷

原作　北条《ほうじょう》司《つかさ》
脚本　むとうやすゆき
著者　福《ふく》井《い》健《けん》太《た》
発行者　小宮英行
発行所　株式会社　徳間書店
東京都品川区上大崎三−一−一
目黒セントラルスクエア　〒141−8202
電話　編集〇三（五四〇三）四三四九
　　　販売〇四九（二九三）五五二一
振替　〇〇一四〇−〇−四四三九二
印刷
製本　大日本印刷株式会社

ISBN978-4-19-894891-7　（乱丁、落丁本はお取りかえいたします）